Sabine Bartsch

Das mit dir und mir

Sabine Bartsch, geboren 1959, war als Theaterpädagogin und Kulturmanagerin tätig und ist heute Geschäftsführerin eines Kulturzentrums. Ihr Debüt, der Jugendroman ›Das mit dir und mir‹, war 2011 unter dem Titel ›Teen Spirit‹ für den Goldenen Pick nominiert.

Sabine Bartsch

Das mit dir und mir

Deutscher Taschenbuch Verlag

Das gesamte lieferbare Programm von dtv junior
und viele weitere Informationen finden sich unter
www.dtvjunior.de

FSC
www.fsc.org
MIX
Papier aus verantwortungsvollen Quellen
FSC® C019821

Umschlagkonzept: Balk & Brumshagen
Umschlaggestaltung: buxdesign, München,
unter Verwendung einer Illustration von Carla Nagel
Gesetzt aus der Sabon 10,5/13·
Gesamtherstellung: Druckerei C.H.Beck, Nördlingen
Gedruckt auf säurefreiem, chlorfrei gebleichtem Papier
Printed in Germany · ISBN 978-3-423-78282-1

Skinny

Mein Name ist Skinny. So heiße ich. Punkt! Meine Eltern sind zwar anderer Meinung, aber das ist mir egal. Ich finde, jedes Kind sollte sich seinen Namen selber aussuchen. Vielleicht so mit zehn. Na ja, besser mit vierzehn, sonst würde ich jetzt vermutlich Lillifee heißen.

Meine Eltern haben mich auf den Namen Beverley getauft, bescheuert, oder? Max, ein Typ aus meiner Klasse, der eigentlich ganz okay ist, hat mich zum ersten Mal Skinny genannt. Nachdem ich mir meine Haare kurz geschnitten hatte. Nur Haut und Knochen, hat er gesagt und mich damit echt umgehauen. Bis mir klar wurde, dass Skinny auf jeden Fall besser ist als Beverley. Seitdem heiße ich so, auch wenn meine Eltern das ignorieren. Meine Schwester heißt Victoria, aber zum Glück nennen alle sie Vicky. Wir sind Zwillinge.

Ich erinnere mich noch gut an den Tag, als ich beschloss, Skinny endgültig und für immer zu meinem Namen zu machen. Ich war oben im Bad, als Mama zu mir hochrief: »Bev, kommst du bitte, die anderen sind schon da.«

Hey, wenn ich etwas wirklich nicht ausstehen kann, dann sind es Kaffeenachmittage und Bev genannt zu werden. Bev ist ja noch bescheuerter als Beverley. Morgens beim Frühstück hatte sie mir eingebläut, nachmittags was Ordentliches anzuziehen. Was Ordentliches! Ich zog also meine schwarze Jeans an, die einigermaßen sauber war, einen breiten Gürtel – zu breit für den Geschmack meiner Mutter – und ein frisches T-Shirt. Das musste reichen, fand ich. Dann ging ich nach unten.

Mich traf fast der Schlag, als ich Vicky sah. Sie hatte ein unglaublich uncooles Kleid an – und ihre Fingernägel waren lackiert! Ich warf meiner Mutter einen wütenden Blick zu, sie schaute mit ihrem unschuldigsten Lächeln zurück. Außer meiner Großmutter war auch noch Bea gekommen, eine Freundin meiner Mutter. Der männliche Teil meiner tollen Familie glänzte natürlich mal wieder durch Abwesenheit. Ich setzte mich neben Vicky, rechts von mir saß Oma.

»Und, Beverley, was macht die Schule?«, fragte sie mich sofort. Typisch!

»Ich heiße Skinny!«

»Also, wie läuft es in der Schule?«

»Geht so.«

»Hast du die Mathearbeit schon zurück?«

»Ja.«

»Also wirklich, nun lass dir doch nicht alles aus der Nase ziehen, wie ist es gelaufen?«

»Gut.«

»Gibt es zu dem Gut vielleicht auch noch 'ne Note?« Oma will es immer ganz genau wissen.

»Eins.«

Nun lief Mama, die sich bislang überhaupt noch nicht für meine Mathenote interessiert hatte, zu Höchstform auf. »Das verstehe, wer will. Meine liebe Tochter hängt den ganzen Tag in ihrem Zimmer rum und hört abscheuliche Musik – und zwar in einer Lautstärke, dass ich davon Kopfweh bekomme.«

Was hab ich denn bitte schön mit deinem Kopfweh zu tun?

»Sie tut absolut nichts für die Schule und bringt trotzdem immer die besten Noten nach Hause.«

»Du kannst froh sein, dass Bev dich so wenig braucht«, meinte Oma spitz.

»Was willst du denn damit sagen?« Mama klang nicht gerade entspannt.

»Nur, dass es keineswegs eine Selbstverständlichkeit ist, dass ein Kind so wenig Unterstützung in der Schule nötig hat.«

Mama rollte mit den Augen, sagte aber nichts.

Nun musste auch Bea noch ihren Senf dazugeben, war ja klar.

»Mensch, Iris, freu dich doch, dass Beverley so gut in der Schule ist.«

»Ich heiße Skinny!«

Bea warf sich mit einer unglaublichen Affektiertheit ihre langen Haare über die Schulter. Wetten, dass sie sich das von irgendeiner Hollywood-Tussi abgeschaut hat?

»Beverley ist so ein schöner Name, warum willst du unbedingt Skinny genannt werden?«

Sie trug eine Bluse, deren Farbe sie vermutlich Apricot nennen würde. Die Bluse war von Lagerfeld, hatte sie Mama erzählt. Lagerfeld ist dieser Opa mit den peinlichen Handschuhen. Ich würde die Farbe von Beas Bluse eher als Ferkelrosa bezeichnen.

»Beverley ist ein unglaublich bescheuerter Name und ich will einfach nicht so heißen.«

»Du heißt aber nun mal so, damit musst du dich abfinden.«

Ich finde mich mit gar nichts mehr ab!

Aber ich sagte nichts mehr, das brachte ja sowieso nichts. Es war kurz vor Ostern und natürlich standen komplett alberne Hasen auf dem Tisch, aus Keramik. Mama geht ständig in Dekoläden, bei uns sieht es immer aus wie in *Schöner Wohnen*.

Vickys Hand war ganz warm. Ihr Kleid war pink, genau wie ihre Nägel, sie sah einfach total dämlich aus. Vicky und ich wurden geboren, fünf Jahre, nachdem Kurt Cobain sich ins Nirvana befördert hatte. Auf den Tag genau, komischer Zufall. Ich mag seine Musik. Ist jedenfalls besser als dieser Gangsterrapperscheiß, den die Typen aus meiner Klasse sich den ganzen Tag reinziehen. Mir kam eine Textzeile von ihm in den Sinn: *With the lights out, it's less dangerous.*

Wenn es jetzt dunkel wäre, müsste jedenfalls niemand Vicky so sehen.

Pascal

Heute Morgen habe ich das erste Mal in meinem Leben auf einem Steinway gespielt. In einer Woche ist die Aufnahmeprüfung und ich durfte mich zwei Stunden mit dem Instrument vertraut machen. Das war echt der Hammer! Zu Hause haben wir nur einen Kawai, die Krähe hat immerhin einen Yamaha. Die Krähe heißt eigentlich Frau Scholz und ist meine Klavierlehrerin. Sie ist Furcht einflößend streng, aber irgendwie mag ich sie trotzdem. Sie hat ein Gesicht wie ein Vogel. Ein Vogel mit knallrot geschminktem Mund. Auf dem Weg nach Hause bin ich noch kurz in Andys Laden, um mir ein Konzertticket zu kaufen. Ein Popkonzert einen Tag nach der Prüfung erschien mir ein geeignetes Mittel, um meinen Sieg zu feiern. Und dass ich bestehen würde, daran hatte ich wenig Zweifel.

Monatelang habe ich für die Aufnahmeprüfung geübt, jede freie Minute. Für meine Mam, die sich so sehr wünscht, dass ich es in die Sonderklasse des Konservatoriums schaffe. Sie hat mir versprochen, dass nicht nur sie, sondern auch Dad zur Prüfung kommen wird. Dad, der immer so beschäftigt ist, kaum Zeit für uns hat. Aber auf Mam kann ich mich verlassen, er wird da sein, und natürlich Jennifer, meine kleine Schwester.

In Andys Laden bin ich diesem Mädchen begegnet.

Sie suchte nach der gleichen CD wie ich. Sie war so außergewöhnlich, dass ich gar nicht mehr wegschauen konnte. Unglaublich helle Haut, sehr dunkle, kurze Haare mit einer blauen Strähne. Ihr spöttisches Lächeln hat mich glatt ungehauen. Keine Ahnung, woher ich den Mut genommen habe, aber ich hab sie einfach angequatscht, vermutlich war mein Adrenalinspiegel noch auf Steinwayniveau. Sie wird auch zu dem Popkonzert kommen. Hoffentlich!

Bei der Aufnahmeprüfung werde ich drei Stücke spielen. Wir haben lange darüber gestritten, welche, die Krähe und ich. Ich will unbedingt diese Rhapsodie von Brahms spielen, weil Mam die so toll findet. Die Krähe hat abgeraten. Zu schwer.

Wenn du die vergeigst, hast du verloren, hat sie gesagt. Ich hatte nicht vor, sie zu vergeigen, und habe mich durchgesetzt. Ihren Einwand, ich könne die Rhapsodie ja immer noch bei der Aufnahmeprüfung zum eigentlichen Musikstudium spielen, da wäre sie angemessener, habe ich ignoriert. Meine Idee, 4'33" von Cage zu präsentieren, fand die Krähe allerdings überhaupt nicht witzig. Ich hätte es gemacht. Hätte mich an den Flügel gesetzt, 4 Minuten und 33 Sekunden still dagesessen und dann den Klavierdeckel runtergeklappt. Ende. Es wäre allerdings eine ziemliche Provokation gewesen. Schließlich haben wir uns auf eine Sonate von Scarlatti geeinigt, die ich etwas freier interpretieren kann. Als drittes Stück spiele ich eine Nocturne von Chopin, mein Zugeständnis an die Krähe. Ohne ihren Unterricht wäre ich niemals so weit gekommen.

Skinny

»Hey Beverley«, Andy grinste schief, als ich den Laden betrat. Mit seinen überdimensionalen Kopfhörern sah er aus wie Mickey Mouse.

»Ich heiße Skinny.«

»Ach nee, seit wann das denn?«

»Schon immer!«

»Was du nicht sagst«, er grinste wieder, »was kann ich denn für dich tun, *Skinny*?«

»Ist die neue CD von Paolo Nutini schon da?«

»Letzte Woche gekommen, du findest sie im Regal.«

»Wieso letzte Woche, ich dachte, die Veröffentlichung ist heute?«

»Die CDs waren schon am Freitag in der Post.«

»Na dann.« Ich ging in den hinteren Teil des Ladens. Bei Andy herrschte Ordnung, alle CDs säuberlich nach Anfangsbuchstaben sortiert. Vor dem N stand jemand. Mit etwas Abstand wartete ich, dass der Typ sich einem anderen Buchstaben widmen würde, und stöberte ein bisschen herum.

Ma – Madonna. Na, schönen Dank auch.

My – My sleeping Karma. Lustiger Bandname.

Na – Xavier Naidoo. Nee, oder?

Ni – alles von Nirvana, schließlich hat Mickey Mouse Geschmack.

So langsam könnte der Typ sich mal entscheiden, ich habe schließlich nicht den ganzen Tag Zeit.

»Brauchst du noch lange?«

Er sah auf und wurde rot. »Oh, sorry, ich hab nicht gewusst, dass ich dir im Weg bin.« Er hielt die CD von Paolo Nutini in der Hand. Na toll.

»Hoffentlich ist das nicht die Einzige«, sagte ich und deutete auf die CD.

Er zog eine zweite aus dem Regal und gab sie mir.

»Du hast Glück.«

»Das wäre ja mal ganz was Neues.«

Er lachte. »Du siehst gar nicht so aus, als würdest du auf Nutini stehen.«

»Und wie muss man deiner Meinung nach aussehen, wenn man auf den steht?«

»Vielleicht etwas weniger flippig?«

»Ich finde seine Songs nicht schlecht, aber drauf stehen ist was anderes.«

Der Typ sah gut aus. Blonde Haare, die ihm über sehr dunkle Augen fielen, coole Klamotten, ziemlich lässig.

»Gehst du auch ins Konzert?« Er lächelte mich an, etwas in meinem Bauch überschlug sich kurz.

»Welches Konzert?«

»Na, Paolo Nutini, nächste Woche in der Alten Gießerei.«

»Weiß ich noch nicht.« Ich war überhaupt noch nie in einem Konzert gewesen, aber das musste der Typ ja nicht unbedingt wissen.

»Es ist noch nicht ausverkauft.«

»Wie gesagt, ich weiß es noch nicht.« Vor allem wusste ich nicht, ob meine Eltern das überhaupt erlauben würden.

»Wir könnten zusammen gehen.«

Wie bitte? »Wir kennen uns doch gar nicht!«

»Das lässt sich ja ändern.« Er lächelte wieder, in meinem Bauch schlug das Etwas zwei schnelle Purzelbäume.

»Ich denk drüber nach.«

»Ach komm, das ist doch viel cooler, als alleine zu gehen.« Dass meine Eltern das auch so sehen würden, bezweifelte ich stark. Aber eigentlich war mir das ziemlich egal.

»Wo gibt's denn die Tickets?«

»Na hier, Andy macht den Vorverkauf für die Alte Gießerei, wusstest du das nicht?«

»Doch, klar.«

»Also kommst du?«

»Mal sehen.«

»Du könntest es mir versprechen.« Er zwinkerte, der Kobold in meinem Bauch muss sich in der Zwischenzeit ein Trampolin gekauft haben.

»Mal sehen.«

»Ich glaube, du kommst.«

»Mal sehen.« Wir mussten beide lachen.

»Dann sehen wir uns nächste Woche?«

»Vielleicht.«

Er sah mich an. »Nächste Woche in der Alten Gießerei. Ich warte am Eingang auf dich.« Dann drehte er sich um und war weg. Ich drückte mich noch etwas im hinteren Teil des Ladens rum, der Kobold war kurz vorm Durchdrehen.

Als ich zur Kasse ging, grinste Andy mich frech an.

»Was grinst du so blöd?«

»Ich bin gerade Zeuge einer der bedeutendsten Liebesszenen der Weltgeschichte geworden.« Theatralisch legte er eine Hand auf sein Herz und fand sich dabei sehr komisch. Blöderweise wurde ich rot.

»Sehr witzig. Ich muss noch die CD bezahlen – und ich will ein Ticket für die Alte Gießerei.«

»Schon klar.« Das Grinsen hatte sich in sein breites Gesicht gemauert, als würde es nie mehr verschwinden wollen.

Pascal

Jetzt ist er also da, mein großer Tag, wie Mam das nennt. In der Garderobe geht es hektisch zu. Alle laufen hin und her, schauen noch mal ihre Noten durch, überprüfen ihr Aussehen im Spiegel. Es knistert vor Spannung und ich spüre zum ersten Mal, was wirkliches Lampenfieber ist.

Du musst ganz ruhig atmen, hatte Mam mir morgens mit auf den Weg gegeben. Nur, wie man in einer solchen Situation ruhig atmet, das hat sie nicht gesagt. Mein Herz hämmert in meiner Brust. Der Gedanke, gleich vor den Vorhang treten und mich an den Steinway setzen zu müssen, verursacht ein flaues Gefühl. Dort, wo gestern noch mein Magen war. Niemals werde ich meine Finger unter Kontrolle bekommen, die in meinem Schoß liegen und völlig unkontrolliert zittern. Ich würde es vergeigen – und die Krähe recht behalten.

Selbst wenn du aufgeregt bist, in dem Moment, wo du dich an den Flügel setzt und die Scheinwerfer angehen, wird sich Ruhe in dir ausbreiten. Eine weitere Weisheit meiner Mam, hoffentlich hatte sie mich nicht beschwindelt.

Sie hat versprochen, vor dem Auftritt noch hinter die Bühne zu kommen, um toi, toi, toi zu sagen. Dreimal links über die Schulter spucken, wie bei den echten

Künstlern, hatte sie morgens lachend gesagt und mir dabei zugezwinkert. Das Zwinkern ersetzte den Kuss, den sie mir gerne gegeben hätte, glaube ich. An meinem vierzehnten Geburtstag habe ich beschlossen, dass ich für Mutterküsse zu alt bin. Und Mam hat das akzeptiert.

Skinny

»Nächste Woche gehe ich in ein Konzert.« Ich sah meine Mutter herausfordernd an, sie sah verwundert zurück.

»Was denn für ein Konzert, geht ihr mit der Schule?«

»Ein Popkonzert und ich gehe alleine.«

»Aber du kannst doch nicht alleine in ein Konzert gehen, du bist gerade erst fünfzehn geworden, das lasse ich auf keinen Fall zu.«

»Seit wann interessiert es dich denn, was ich mache? Das ist ja mal ganz was Neues.«

»Bev, bitte lass uns nicht streiten.«

»Ich heiße Skinny!«

»Also gut, Skinny. Du weißt, dass wir dich nicht zu Hause festhalten wollen, du kannst natürlich weggehen, aber keinesfalls alleine in ein Konzert. Wenn du in ein Jugendzentrum gehen willst, dann erlauben wir dir das natürlich.«

»Das ist so eine Art Jugendzentrum.«

»Was heißt *so eine Art Jugendzentrum*?«

»Na ja, da sind nur junge Leute und so.«

»Wie heißt das Jugendzentrum denn?«

»Alte Gießerei.«

»Alte Gießerei? Nie gehört.«

»Jugendzentren sind ja auch nicht gerade dein Spezialgebiet, oder?« Ich versuchte es mit einem Lächeln.

»Und wann geht das Konzert los?«

»Halb neun.«

»Das ist ganz schön spät. Bev… Skinny, du warst noch nie in einem Konzert. Bisher bist du immer zu Hause gewesen, was ist los?«

»Was los ist? Vielleicht werde ich so langsam erwachsen?« Ich sah meine Mutter an.

»Also gut, ich werde dich fahren.«

Ganz sicher nicht!

»Das ist nicht nötig, es ist ganz in der Nähe, ich kann das Rad nehmen.«

»Aber es wird dunkel sein.«

»Na und?«

»Ich meine ja nur …«

»Dann geht das also in Ordnung, mit dem Konzert?« Meine Mutter sah mich unsicher an, ich glaube, sie war total überfordert mit der Entscheidung.

»Ich werde mit deinem Vater darüber reden.«

»Dem ist das doch egal.«

»Red nicht so, Skinny, das ist ihm ganz sicher nicht egal.«

»Ich gehe auf jeden Fall!« Ich sah ihr in die Augen, sie hielt meinem Blick nicht stand. »Und du kümmerst dich um Vicky.«

»Also gut, Bev.«

»Ich heiße Skinny!«

Pascal

Ich sitze auf einem Stuhl und versuche, ruhig zu atmen. Wie durch ein Wunder wird mein Atem wirklich ruhiger, die Finger zittern weniger. Vielleicht vergeige ich es ja doch nicht. Komisch, dass meine Eltern noch nicht da sind, meine Mam würde doch niemals das Toi-toi-toi vergessen. Vermutlich kommen sie erst ganz kurz vor meinem Auftritt, sie kennen ja den Programmablauf aus der Einladung. Vielleicht ist es nur dann ein echtes Toi-toi-toi, wenn ganz kurz vorher gespuckt wird, so genau kenne ich mich da nicht aus.

Meine Mam ist Tänzerin gewesen, Primaballerina, bevor ich geboren wurde. Sie vermisst die Bühne noch immer, auch wenn sie es nie – niemals – zugeben würde. Nun soll ihr Sohn ein Künstler werden. Ich hätte sie jetzt echt gerne bei mir gehabt, auch wenn ich aus dem Alter raus bin, in dem man die Mama zum Händchenhalten braucht.

Julia, die vor mir spielt, wird aufgerufen. Es ist schon nach neun. In der Garderobe ist es jetzt ruhig, die meisten haben ihren Auftritt hinter sich und sind im Zuschauerraum, um den anderen zuzuhören. Die Ergebnisse werden wir heute ohnehin nicht mehr erfahren, immerhin geht es um die Aufnahme in das Konservatorium, auch wenn es nur die vorbereitende Klasse für das eigentliche Musikstudium ist. Ich werde die Klasse neben dem Gymnasium besuchen. Vorausgesetzt natürlich, sie nehmen mich überhaupt.

Meine Leidensgenossen und ich, die wir den Gang auf die Bühne noch vor uns haben, schweigen. Jeder ist aufgeregt, angespannt, nervös, nicht nur ich. Das lässt mich noch etwas ruhiger werden, das Lampenfieber weicht nach und nach einem angenehmen Prickeln in der Magengegend. Ich werde es schon schaffen, ich werde meine Mam nicht enttäuschen.

Kurz streift mich der Gedanke an das fremde Mädchen aus Andys Laden und ein weiteres Gefühl gesellt sich zu dem Prickeln. Vorfreude auf unser Treffen morgen Abend.

Dann steht Dad in der Tür, endlich. Ich sehe ihn an, etwas stimmt nicht. Mein Herz fängt an zu hämmern. Sein Gesicht ist aschfahl, das Haar hängt ihm ins Gesicht. Wo sind Mam und Jenny?

Es setzt aus, mein Herz, ganz plötzlich, ich spüre es einfach nicht mehr. Dann hämmert es wieder, diesmal bis in den Kopf. Als hätte es jemand von der Brust ins Gehirn verpflanzt.

»Pascal, komm«, das ist alles, was er sagt, »Pascal, komm.«

Und mein Herz und meine heile Welt machen im Gleichklang einen Schritt in Richtung Abgrund.

Skinny

»Ein Junge hat mich gefragt, ob ich mit ihm ins Konzert gehe, stell dir das mal vor.«

Vicky lachte, zu ihren Füßen lag Anton, unser Hund. Vicky liebt ihn über alles.

»Ich hab ihn bei Andy im Plattenladen getroffen. Er sieht toll aus. Blonde Haare und ganz dunkle Augen. Und er hat ein süßes Lachen. Er ist nett, überhaupt nicht so ein Vollpfosten wie die Typen aus meiner Klasse.«

Sie atmete ganz ruhig, das deutete ich als Zustimmung.

»Ich hab mir schon ein Ticket gekauft.« Ich nahm die Hand meiner Schwester und drückte sie fest. »Das ist so irre, Vicky, ich mit einem Jungen im Konzert! Wenn ich nicht da bin, sieht Mama nach dir, du musst dir keine Sorgen machen, okay?«

Hoffentlich konnte ich mich auf Mama verlassen. Jedenfalls wusste Vicky schon mal Bescheid.

»Mensch, was soll ich bloß anziehen?« Ich saß noch eine Weile bei ihr und hielt ihre Hand, dann wuschelte ich Anton über seinen kleinen Strubbelkopf, ging in mein Zimmer, schob eine CD in den Player und legte mich aufs Bett. Ich dachte an den Vormittag in der Schule.

Es war der erste Tag nach den Osterferien. Dr. Gabbert, unser Musiklehrer und eine echte Schnarchnase, hatte einen jungen Mann mit in die Klasse gebracht. Ziemlich groß. Blonde Haare, Jeans, blassgrünes Shirt, Chucks. Und tiefblaue Augen. Solche Augen habe ich bislang höchstens in den Illustrierten meiner Mutter gesehen. Ich hatte das Gefühl, alle Mädchen hielten kurz die Luft an. Er sah einfach unglaublich gut aus.

Mit großer Geste stellte Dr. Gabbert ihn vor, so, als hätte er dieses Prachtexemplar nur für uns auf einem exotischen Jahrmarkt erstanden.

»Darf ich mal um eure Aufmerksamkeit bitten. Dieser junge Mann hier ist Andreas Holler, ab jetzt Referendar an unserer Schule und er hat eine ganz und gar famose Idee.« Ich hasse *famose* Ideen! Gabbert trug mal wieder seine ausgeleierten Cordhosen in der Trendfarbe Babykackebeige. Neben diesem Holler sah er noch lächerlicher aus als üblich.

»Ihr erinnert euch, dass wir uns vor den Ferien mit Puccini beschäftigt haben.« Ein genervtes Raunen ging durch die Klasse. Wir hatten uns nicht mit Puccini beschäftigt, Dr. Gabbert hatte uns mit Puccini gequält.

»Der Lehrplan sieht für dieses Schuljahr unter anderem das Musical vor und damit wären wir wieder bei Puccini.«

»Der hat auch Musicals komponiert? Was für ein Alleskönner«, warf Olli ein. Olli ist der selbst ernannte Spaßmacher der Truppe.

Holler grinste breit und sah uns an.

»Genau hundert Jahre, nachdem Puccini *La Bohème* komponierte, wurde das Musical *Rent* am Broadway uraufgeführt. Ein New Yorker Komponist namens Jonathan Larson hat es geschrieben. Und *Rent* basiert auf *La Bohème*, hat also viele Themen der Oper adaptiert.«

»Genau«, übernahm Dr. Gabbert wieder, »und Herr Holler will sich nicht nur theoretisch mit diesem ganz und gar bemerkenswerten Musical beschäftigen, sondern hat die famose Idee, einige der Songs mit euch einzustudieren. Als Chorprojekt und natürlich freiwillig.« Aufmunternd sah er uns an. »Also, wer hat Lust?« Niemand rührte sich.

»Dr. Gabbert«, mischte sich das männliche Model wieder ein, »vielleicht lassen Sie mich erst mal ein bisschen von *Rent* erzählen, damit die Schüler verstehen, worum es überhaupt geht.«

»So machen wir das!« Dr. Gabbert schlug ihm jovial auf die Schulter, lächelte uns zu und verschwand.

Holler setzte sich und sah in die Runde. »Ich nehme an, keiner von euch kennt *Rent*?«

»Ist das so was wie *My Fair Lady*?« Olli fand sich mal wieder sehr witzig.

»*Rent* wurde insgesamt acht Jahre am Broadway gespielt und ist damit eines der erfolgreichsten zeitgenössischen Musikwerke überhaupt. Es ist überhaupt nicht zu vergleichen mit den seichten, zuckersüßen Musicals, die in Deutschland mit großem Erfolg rauf und runter gespielt werden. Es ist total rockig, man könnte es auch eine Rockoper nennen. *Rent* hat den Tony Award als bestes Musical gewonnen und den Pulitzerpreis in der Kategorie bestes Drama. Traurigerweise starb Jonathan Larson am Tag vor der Premiere, bekam also nicht mehr mit, welches Erfolgsstück er geschrieben hat.«

Holler nahm eine CD aus seiner Tasche und schob sie in den Player, der auf dem Pult stand. Er sah in die Runde, dann drückte er die Starttaste. Als die Musik einsetzte, herrschte Stille im Klassenzimmer, absolute Stille. Nach drei Songs stellte er den Player wieder ab und sah uns fragend an.

»Wahnsinn«, meinte Tomaz und die meisten nickten zustimmend.

»Also, was sagt ihr? Lust, das eine oder andere Lied einzustudieren?«

»Das ist doch viel zu schwer«, brummte jemand.

»Das schreibe ich so um, dass es funktioniert. Und wenn wir es hinbekommen, dann können wir vielleicht sogar eine kleine Aufführung machen, mit meiner Band.«

»Sie haben eine Band?« Tomaz pfiff anerkennend durch die Zähne.

»Na los, das wird ein großer Spaß, also wer ist dabei?«

Ich hatte das Gefühl, dass er direkt zu mir sah, deshalb lehnte ich mich zurück und schaute an die Decke.

»Also, auf mich müssen Sie leider verzichten, ich würde mit meinem Katzengejaule nur stören.« Olli lachte sich schlapp über seinen eigenen blöden Witz. Die Ersten meldeten sich zögernd, Holler schrieb die Namen auf.

»Hey Skinny, du hast doch eine tolle Stimme, was ist mit dir?« Micaela, diese blöde Kuh! Ich tat so, als wäre ich nicht gemeint.

»Wer ist Skinny?«, fragte das männliche Model. Da mich alle anstarrten, blieb mir nichts anderes übrig, als zu antworten: »Das bin ich, aber ich mach nicht mit.«

»Warum nicht? Du würdest auch optisch gut passen.« Was zum Teufel soll das denn heißen?

»Keine Zeit.«

»Skinny hat nie Zeit. Zu Hause ist es am schönsten, oder, Skinny? Home sweet home und so.« Olli! Ich stellte meine Ohren auf Durchzug.

»Ist Skinny dein richtiger Name?« Dieser Holler ließ nicht locker.

»Ja.«

»Ähäm«, meinte jemand.

»Also gut, Skinny, du kannst es dir ja bis zur nächsten Stunde überlegen.«

»Ich hab doch schon Nein gesagt.«

»Das macht aber ganz sicher total viel Spaß.«

»In meinem Leben gibt es schon mehr Spaß, als mir lieb ist.«

»Gut, dann will ich dich nicht weiter drängen.«

Na, immerhin etwas!

Pascal

Ich ging hinter ihm her wie eine Marionette. Und ich wusste, dass mein erster Auftritt als aufstrebender Pianist ohne mich stattfinden würde. Dann waren wir draußen auf dem Vorplatz des Konservatoriums. Es goss in Strömen, der Regen durchweichte uns in Sekunden bis auf die Knochen. Dad sagte nichts, er sah mich nur an, zitterte und schwieg. Als ob ihm jemand seine Sprache genommen hätte. Den Regen schien er nicht mal wahrzunehmen. Meine Beine verwandelten sich in Gummi.

»Was ist passiert?« Ich erkannte meine Stimme kaum wieder, so sehr schnürte es mir die Kehle zu.

Er sah mich an, dann nahm er meine Hand. »Pascal, es hat einen Unfall gegeben.«

Es hat einen Unfall gegeben, dieser eine Satz hallt in meinem Kopf. Tag für Tag, jede Scheißminute eines jeden Scheißtages.

Es hat einen Unfall gegeben.

Dad wollte direkt von der Arbeit zum Konzert fahren. Mam und Jenny fuhren mit Mams Auto. Es war ein regnerischer Tag und meine Mam keine sehr sichere Fahrerin. Ich kann mir gut vorstellen, was in ihr vorgegangen sein muss. Das Lampenfieber, das sie mit mir teilte, vielleicht auch Angst, nicht mehr rechtzeitig zu kommen, meinen Auftritt zu verpassen. Der Regen, die schlechte Sicht.

Jenny hat überlebt, Mam nicht.

Ich wünschte, sie hätte mich doch geküsst, am Morgen vor dem ersten Konzert, das ich beinahe gegeben hätte.

Skinny

Er hatte einen Beamer und eine Leinwand aufgebaut und bat uns, unsere Plätze einzunehmen. Dann ließ er die Rollos runter.

»Oho, ist jetzt Kuschelzeit?« Olli mal wieder! Holler ignorierte ihn einfach. »2005 wurde *Rent* verfilmt. Mit einem Großteil der Originalbesetzung vom Broadway. Ich möchte euch gerne den Anfang des Films vorspielen, dauert ungefähr drei Minuten, einverstanden?« Da keiner protestierte, startete er den Film.

Dunkelheit, dann wurde es langsam hell. Acht Leute standen nebeneinander auf einer großen Theaterbühne, jeder nur durch einen Scheinwerfer von oben angestrahlt. Die Musik setzte ein und sie begannen zu singen. Es war komplett ungewöhnlich für einen Spielfilm, aber ich war wie elektrisiert. Den meisten anderen ging es ähnlich, glaube ich. Genau wie beim Hören der CD in der letzten Woche war es mucksmäuschenstill. Auch als der letzte Ton verklungen war und Holler den Player stoppte, blieb es still.

»Macht mal jemand die Rollos wieder hoch, bitte, ist ja schließlich keine Kuschelzeit«, meinte Holler. Olli lachte, Yannik erledigte den Rollojob.

»Das war nicht etwa der Beginn des Films, sondern nur der Vorspann, eine Art Vorstellung der Hauptakteure, die mitspielen. Der Film selber ist ziemlich temporeich, vielleicht können wir ihn ja mal zusammen anschauen. Das müsste dann aber in der Freizeit passieren, sonst bekomme ich noch Ärger mit Dr. Gabbert.« Er grinste und verteilte Zettel: die Noten und der Text des Songs, den wir gerade im Film gehört hatten.

»Der Song heißt *Seasons of Love* und ist nicht sehr schwer.« Er setzte sich an den Flügel.

»Ich dachte, das Chorprojekt ist freiwillig«, maulte es aus der hinteren Reihe.

Holler lachte. »Ist es auch, aber erst mal muss ich meinen Chor ja zusammenbekommen. Das ist heute so eine Art Casting.« Er sah uns an und grinste. »Also, ich fange einfach an, und wer Lust hat, stimmt mit ein. Nur keine Hemmungen.« Er begann zu spielen. Ich würde ganz sicher keinen einzigen Ton singen, so viel stand fest.

Nach ein paar Takten setzte er ein: »Five hundred twenty-five thousand six hundred minutes, five hundred twenty-five thousand moments so dear ...« Er hatte eine tolle Stimme, ich bekam Gänsehaut. Ein paar Mädchen sangen mit. Holler sah aufmunternd in die Runde. Ich hatte das Gefühl, dass er speziell mich meinte. Unsicher sah ich auf das Notenblatt, der Text war nicht schwer. Zwei Jungs sangen nun auch mit, Tomaz und Max. Also stimmte ich mit ein. Wir sangen den Song bis zum Schluss durch, je mehr mitmachten, desto leiser wurde Holler.

»Wow, da sind ja ein paar wirklich gute Stimmen

dabei«, sagte er, nachdem wir fertig waren. Er sah uns an. »Macht Spaß, oder?« Wir nickten. Es machte wirklich Spaß. Früher habe ich viel für Vicky gesungen.

»Also, wer ist dabei?« Es meldeten sich ziemlich viele. Ich nicht. Er schrieb sich die Namen auf und ordnete sie nach Stimmlage. Dann sah er zu mir. »Was ist mit dir, Skinny? Du hast eine super Stimme.«

»Keine Zeit.«

»Ich bin sicher, dass es dir Spaß machen würde. Du kannst ja auch jederzeit wieder aussteigen.«

»Nee, wirklich nicht.«

»Kennst du Lorde?«

»Was soll das denn sein?«

Er lachte. »Lorde ist eine Sängerin aus Neuseeland.«

»Und was hat das mit mir zu tun?«

»Deine Stimme erinnert mich an sie. Hör dir doch mal was auf YouTube von ihr an.«

»Vielleicht.«

Er schaute zurück zur Klasse. »Wir können den Musikraum regelmäßig Mittwochnachmittag ab siebzehn Uhr haben, allerdings erst in zwei Wochen, vorher probt noch das Orchester für einen Auftritt. Passt euch das?« Alle nickten. Sie hatten wirklich Lust drauf. Ich eigentlich auch.

»Gut, dann sehen wir uns am Mittwoch um siebzehn Uhr hier. Wer noch unentschlossen ist, kann ja einfach dazukommen.« Er sah noch einmal in die Runde. »Wer weiß, vielleicht wird ja sogar mehr draus.«

»Was meinen Sie denn damit?«, fragte Micaela.

»Bei eurem Talent könnte ich mir sogar vorstellen, das Ganze irgendwann als Musical auf die Bühne zu bringen.«

Die 10b des Mörikes als Musicalstars, dass ich nicht lache!

Nachmittags setzte ich mich an meinen Rechner und sah mir ein paar Videos dieser Lorde an. Ich musste mich unbedingt ablenken, um nicht die ganze Zeit an den bevorstehenden Abend zu denken. Paolo Nutini in der Alten Gießerei. Ich würde den süßen Typen aus dem Plattenladen wiedersehen. Beim Gedanken daran bekam der Kobold Flügel. Sind wir hier in einer Red-Bull-Werbung, oder was?

Lorde war noch total jung und hatte eine super Stimme. Klang meine wirklich so ähnlich? Ich konnte es mir nicht vorstellen. Anschließend schaute ich ein paar Filmsequenzen aus *Rent* an, die Songs waren einfach klasse. Den Film würde ich wirklich gerne ganz sehen. Ich könnte ja bei der ersten Probe doch mal vorbeischauen, kostete ja nichts. Nur wäre Vicky dann mit Mama allein, was mir gar nicht recht war. Auf Mama konnte man sich einfach nicht verlassen. Die brachte es glatt fertig, sich den ganzen Nachmittag mit Vicky vor die Glotze zu setzen und irgendeinen bescheuerten Quatsch zu schauen.

Ich musste mit Vicky reden. Anton sprang wie wild an meinem Bein hoch, als ich zu Vicky ins Zimmer ging. Er tat immer so, als hätte er einen mindestens zehn Jahre nicht gesehen. Als Kind dachte ich, dass er der klügste Hund der Welt sei. Dabei ist er mit einem Gehirn in Erbsengröße ausgestattet. Aber er ist lieb und er tut Vicky gut. Ich setzte mich zu meiner Schwester und nahm ihre Hand.

»Hey Vicky, du weißt doch, dass ich heute Abend in das Konzert gehe, von dem ich dir erzählt habe. Mit dem Jungen aus dem Plattenladen. Mama schaut nach dir, okay?« Sie atmete ruhig. »Und ich würde gerne einmal in der Woche am Nachmittag in einen Chor gehen.« Ihr Atem wurde unruhig. »Vicky, es ist nachmittags und nur ein Mal in der Woche. Du musst dich nicht aufregen, um kurz nach sechs bin ich wieder zu Hause, okay?« Sie jammerte, ich sagte nichts mehr, streichelte nur ihre Hand, bis sie wieder ganz ruhig war.

Auf dem Weg in die Alte Gießerei wurde mir schlagartig klar, dass ich ein Problem hatte. Ich war noch keine sechzehn und wollte in ein Popkonzert, das definitiv nicht in einem Jugendzentrum stattfand. Keine Ahnung, ob es da Türsteher oder so was gab. Was, wenn die mich nicht reinließen? Bisher hatte ich mir wenig Gedanken darüber gemacht, ob ich älter oder jünger aussah. Mit meinem Perso kam ich jedenfalls nicht weiter, so viel stand schon mal fest. Vielleicht sollte ich umkehren, war doch ohnehin eine Scheißidee, sich mit einem völlig fremden Jungen zu treffen. Der kleine Teufel auf meiner linken Schulter wollte zurückfahren, der auf der rechten wollte ins Konzert, rechts setzte sich durch.

Mit klopfendem Herzen schloss ich mein Rad an einen Laternenpfahl und ging zum Eingang. Keine Türsteher, nur ein nett aussehendes Mädchen, das die Karten abriss. Er würde am Eingang auf mich warten, hat er gesagt. Drinnen oder draußen? Ich wollte die Altersbarriere so schnell wie möglich hinter mich bringen, also ging ich auf die Kartenabreißerin zu. Dabei machte ich ein Gesicht, von dem ich hoffte, dass es möglichst erwachsen wirkte, und reichte ihr das Ticket. Sie sah mich prüfend an, mir wurden die Knie weich.

»Coole Farbe«, sagte sie, deutete auf meine blaue Haarsträhne, riss das Ticket ein und ließ mich durch. Das war geschafft.

Das Foyer der Alten Gießerei war ein dunkler, enger Schlauch. Er war noch nicht da. Ich hatte keine Ahnung, wie man sich auf einem Konzert verhielt, also lehnte ich mich erst mal an einen Pfeiler und versuchte, einen coolen Eindruck zu machen. Dabei ließ ich den Eingang nicht aus den Augen. Mein Herz hämmerte, der Kobold machte Lockerungsübungen auf seinem Trampolin und ich fragte mich mal wieder, warum ich nicht einfach zu Hause bei Vicky geblieben war.

Pascal

Die Tage nach Mams Tod war ich entweder im Krankenhaus bei Jenny oder lag in meinem Zimmer auf dem Bett und starrte an die Decke. Ich hatte das Gefühl, jede Pore der Zimmerdecke auswendig zu kennen. Jemand muss all meinen Freunden Bescheid gegeben haben, sie ließen mich in Ruhe. Zur Schule musste ich auch nicht. Zweimal habe ich mich an den Flügel gesetzt, aber ich konnte nicht mal den Klavierdeckel aufmachen. Es kam mir einfach so falsch vor.

Dann stand irgendwann Tom in meinem Zimmer, keine Ahnung, wie der ins Haus gekommen war. Mein bester Freund Tom, den ich jetzt so gebraucht hätte, aber er war der Situation nicht gewachsen. Wäre ich an seiner Stelle wohl auch nicht, keine Ahnung. Er wollte mit mir ins Kino gehen. Ins Kino!

»Bisschen Ablenkung wird dir guttun«, hatte er gesagt, sich aufs Bett gesetzt und mir in die Seite geknufft. Allein der Gedanke an Kino verursachte mir Übelkeit. Als ob irgendwas mich von der Tatsache ablenken könnte, dass Mam nicht mehr bei uns war. Nichts würde je wieder so sein wie vorher. Nichts!

Jenny hatte unglaubliches Glück gehabt. Weil sie hinten saß und weil sie noch so klein ist. Der Fahrersitz hatte den Aufprall abgefedert. Sie hat eine Gehirnerschütterung und eine Rippe war angebrochen. Die Blutergüsse, die ihr Gesicht schrecklich entstellten, gingen rasch zurück und hinterließen schwache, gelbliche Flecken. Sie fragte ständig nach Mam. Dad und ich konnten ihr kaum in die Augen sehen. Wir wollten es ihr nicht sagen, solange sie im Krankenhaus war. Jenny konnte sich an nichts erinnern. Das sei normal, sagte mein Dad. Er erzählte ihr ganz behutsam von dem Unfall, dass es Mam gut gehe, sie aber auch im Krankenhaus liege und deshalb nicht zu Besuch kommen könne.

Skinny

Er ist nicht gekommen. Den ganzen bescheuerten Abend habe ich an dem dämlichen Pfeiler gestanden und die Eingangstür angestarrt. Wie ein hypnotisiertes Kaninchen. Und dann wurde es mir schlagartig klar. Der Typ im Plattenladen hat sich über mich lustig gemacht. Der wollte sich überhaupt nicht mit mir treffen, der wollte einfach nur ein Mädchen verarschen. Nach Strich und Faden. Und die ach so clevere Skinny ist drauf reingefallen.

Ich bin mitten im Konzert gegangen, das Mädchen am Eingang fragte noch, ob es mir nicht gefallen habe. Nee, hat es nicht. Ganz und gar nicht. Zu Hause bin ich sofort in mein Zimmer, hab mich aufs Bett geschmissen und geheult.

Erwachsenwerden ist absolut überflüssig, so viel steht mal fest! Warum kann man eigentlich nicht einfach Kind bleiben? Vier Jahre alt, saudumm, aber glücklich. Warum nicht, kann mir das mal einer erklären?

Pascal

Dann kam der Tag, an dem wir Jenny nach Hause holten, vier Tage nach dem Unfall. Dad und ich waren schon früh am Morgen ins Krankenhaus gefahren. Ich blieb bei meiner Schwester, während er sich um den Papierkram kümmerte. Ich glaube, Jenny hat da schon geahnt, dass etwas Schreckliches über ihr schwebt. Sie vermied meinen Blick, genau wie ich den ihren. Schweigend saßen wir nebeneinander im Flur, ich hielt ihre Hand, die ganz verschwitzt war.

Als wir endlich zu Hause waren, setzten wir uns ins Wohnzimmer. Dad machte Tee und stellte Kekse auf den Tisch. Es war zwei, trotzdem war es draußen so dunkel, dass wir Licht machen mussten. Keiner sagte etwas, keiner aß einen Keks, der Tee stand unberührt vor uns.

Ich sah Jenny in die Augen, sie fing an zu weinen.

»Wo ist Mama?« Ihre Stimme klang so unfassbar traurig.

Dad nahm sie in die Arme, dann schluchzte sie laut und hemmungslos. Er hielt sie ganz fest und küsste ihr Haar.

»Mama hat den Unfall nicht überlebt, Jenny.« Er weinte auch, es war das erste Mal, dass ich meinen Vater weinen sah.

»Mama ist jetzt im Himmel, mein Schatz. Da hat sie es ganz schön und kann immer schauen, dass es dir gut geht.« Der Kloß in meinem Hals nahm unvorstellbare Dimensionen an. Die beiden saßen dicht beieinander, hielten sich umarmt und schluchzten und schluchzten, ich heulte einfach mit. Wir saßen lange zusammen und unser Dad versuchte, Jenny zu erklären, was nicht zu erklären war. Das war der beschissenste Tag in meinem Leben. Sogar beschissener als der nächste, obwohl die Beerdigung der eigenen Mutter auf der Skala der beschissenen Tage eigentlich nicht zu toppen sein sollte.

Skinny

Unsere Kindheit war glücklich und unbekümmert, wie aus dem Bilderbuch. Ich erinnere mich noch gut an die Zeit, bevor Kindheit und Glück so abrupt endeten. Es war kurz vor Weihnachten, draußen wartete eine weiße Winterlandschaft auf Schneeballschlachten und Rodelnachmittage. Im Haus roch es nach selbst gebackenen Keksen und Tannengrün. Den Geruch werde ich nie vergessen. Wir waren so glücklich, Vicky und ich. Und so voller Vorfreude auf Weihnachten. Mama war da auch noch eine richtige Mama. Sie backte, las vor, ging mit uns in den Schnee und machte all die Dinge, die eine Mutter mit ihren Kindern machen sollte. Und am Wochenende war Papa da und wir unternahmen Sachen zu viert. In diesem Winter gingen wir oft an den Feuersee, der total zugefroren war. Mit laufenden Nasen fuhren die kleinen Kinder dort übers Eis, während sich die Großen beim Eishockeyspiel um den Puck balgten. Am Ufer gab es einen kleinen Kiosk, da konnte man heiße Schokolade trinken und es roch nach Glühwein. Mit roten Wangen standen Vicky und ich da, die Heiße-Schokolade-Becher in den Händen, und wollten nur noch eines: Schlittschuhe!

Unsere Chancen standen allerdings schlecht, wir hatten unsere Wunschzettel längst abgegeben. Schlittschuhe standen nicht drauf. Mama und Papa versicherten uns, dass da leider nichts mehr zu machen sei, und wir glaubten ihnen natürlich.

Als der Heilige Abend kam, hatten wir uns damit abgefunden, ein ganzes Jahr warten zu müssen, um zum ersten Mal mit Schlittschuhen auf dem Eis zu stehen. Nachmittags mussten wir das Haus verlassen, Oma und Opa holten uns ab. Wir gingen zusammen durch die tief verschneite Landschaft, Vicky an Omas Hand, ich an Opas. Die Sonne ließ den Schnee glitzern und die Vorfreude auf den Abend unsere Herzen höher schlagen. Wie aufgeregte junge Hunde tollten wir durch den Schnee. Irgendwann waren wir so nass, dass Oma sich um unsere Gesundheit zu sorgen begann. Sie machte sich immer sehr schnell Sorgen. Wir liefen zu den Großeltern nach Hause, die ganz in unserer Nähe wohnten. Oma rubbelte uns mit einem Handtuch trocken, das sehr kratzte, während Opa einen alten Schlitten aus dem Keller holte. Auf den durften wir uns beide draufsetzen, Vicky vorne, ich hinten. Dann zog Opa uns durch die Abenddämmerung nach Hause, ich hatte meine Arme um Vicky geschlungen, mein Kopf lag an ihrem Rücken. Ich erinnere mich noch an den Geruch ihrer Haare, Kindershampoo!

Unser Haus sah man schon von Weitem, die Fenster schienen an diesem Abend heller zu strahlen als sonst. Unsere Herzen schlugen wie verrückt vor lauter Aufregung. Papa machte die Tür auf, er hatte einen Anzug an, Mama trug ein Kleid und ihre Perlenkette, alles war so unglaublich festlich. Wir flitzten nach oben in unser

Zimmer. Vicky und ich schliefen in einem Zimmer, obwohl jede auch ein eigenes hätte haben können. Schnell zogen wir unsere Kleider an und stellten uns Hand in Hand vor den großen Spiegel. Sie sah so hübsch aus in dem roten Samtkleid mit der weißen Schleife. Ich trug genau das gleiche Kleid, nur war meines blau. Dann wuschen wir uns die Hände und liefen wieder runter. Mit Oma, Opa und Mama standen wir im Flur, die Tür zum Wohnzimmer war noch zu.

Dann hörten wir die kleine Glocke, Papa machte die Tür auf und wir durften reingehen. Der Baum war mit roten Kugeln und weißen Kerzen geschmückt. Darunter lagen die Geschenke. Fünf Päckchen für Vicky und fünf Päckchen für mich. Bevor wir sie öffnen durften, machte Papa die Wunderkerzen an, die an dem Baum hingen. Wir standen da und sangen *Es ist ein Ros' entsprungen*, während sie ihre Funken versprühten.

Dann packten Vicky und ich die Geschenke aus. Sie war ein bisschen schneller als ich, sodass ich schon wusste, was in meinem ersten Päckchen war, bevor ich es ganz aufhatte. Sie hatte ein Buch ausgepackt, also würde ich auch eines bekommen. Wir liebten Bücher, obwohl wir noch gar nicht richtig lesen konnten. Im nächsten Päckchen waren neue Handschuhe, dann packten wir jede eine Puppe aus, in die wir uns sofort verliebten und die uns viele Jahre begleiten sollte.

Wir hatten jede drei Sachen auf den Wunschzettel schreiben dürfen. Bei der Puppe und dem Buch waren wir uns schnell einig. Um den letzten Wunsch hatte es Streit gegeben. Ich wollte unbedingt einen Malkasten,

Vicky lieber einen Füller. Auf die Idee, dass sie sich das eine und ich mir etwas anderes hätte wünschen können, sind wir gar nicht gekommen. Schließlich einigten wir uns auf den Malkasten, der Füller konnte noch etwas warten. Den Tuschkasten mit seinen bunten Farben fanden wir im vorletzten Päckchen. Jede hatte noch eine Auswahl unterschiedlicher Pinsel dazubekommen.

Vicky sah mich an, ich sah sie an. Dann nahmen wir beide das letzte Paket in Angriff, es war viel zu groß für unsere kleinen Hände. Das Papier raschelte, als wir es aufrissen. Ich sah zuerst, was es war, und stieß einen Jubelschrei aus. Schlittschuhe! Wir hatten wirklich Schlittschuhe bekommen! Das war der schönste Heiligabend, den wir je erlebt haben.

Am nächsten Morgen wachten wir gleichzeitig auf. Ein leiser, ganz zarter Geruch von abgebrannten Kerzen hing in der Luft. Die Erinnerung an den vergangenen Abend kam langsam wieder. Der geschmückte Baum, der Teller mit den Orangen und Süßigkeiten, die Geschenke.

Schlittschuhe!

Aufgeregt giggelten Vicky und ich im Bett rum und malten uns in den glühendsten Farben unsere erste Schlittschuhfahrt aus. Gleich nach dem Frühstück wollten wir los, Papa und Mama hatten es uns am Vorabend noch versprechen müssen.

Als es draußen zu dämmern begann, schlichen wir uns zum Elternschlafzimmer, öffneten ganz leise die Tür und gingen auf Zehenspitzen zum Bett von Mama und Papa. Unser Gekicher weckte sie und wir schlüpften zu ihnen unter die Decke ins Warme. Mama zog uns an sich, Vicky an die linke, mich an ihre rechte Seite, Papa schlief gleich wieder ein. Dann erzählte Mama uns die Weihnachtsgeschichte. Obwohl wir sie nicht zum ersten Mal hörten, waren wir gebannt.

»Warum sind Maria und Josef denn nicht einfach in ein Hotel gegangen?«, fragte Vicky.

»Keiner wollte ihnen ein Zimmer geben.«

»Aber warum denn nicht?«

»Alle Zimmer waren belegt und Maria und Josef waren arme Leute.«

Wir hatten schreckliches Mitleid mit den beiden. Und dem Jesuskind, das in einem Stall geboren worden war.

Als es draußen endgültig hell wurde, hielt uns nichts mehr im Bett, wir wollten zum See. Nach einer kurzen Katzenwäsche zogen wir uns an und gingen zum Frühstück nach unten. Wir saßen in der Küche, Mama hatte Kerzen auf die Fensterbank gestellt und angezündet. Anschließend gingen wir mit Mama und Papa zum Feuersee. Am Rand stand eine Bank, wir mussten etwas warten, weil sich dort noch andere Kinder die Schlittschuhe anziehen wollten. Mama half uns mit dem Binden der Schnürsenkel. Das Aufstehen fühlte sich komisch an, plötzlich waren wir ein ganzes Stück größer. Wackelig wie junge Störche standen wir da, Vicky an Papas, ich an Mamas Hand.

Das Eis war unglaublich glatt und ich hatte das Gefühl, niemals so laufen zu können wie die Großen, die ich so oft bewundert hatte. Unsicher schlidderten wir dahin, fielen auf unsere kleinen Hintern, standen wieder auf und wurden immer wagemutiger. Schon bald brauchten wir unsere Eltern nur noch, um die vielen Stürze abzumildern. Vickys Nase lief, aber sie war viel zu aufgeregt, um sie sich zu putzen. Mit einem großen Tropfen, der unter ihrer Nasenspitze in der Sonne glitzerte, sauste sie über das spiegelglatte Eis. Meine Vicky. Sie war viel mutiger als ich – und viel schneller. Erschöpft aber glücklich fielen wir am Abend ins Bett und freuten uns schon auf den nächsten Tag.

Den Tag, der unser Leben für immer verändern sollte.

Pascal

Mein Dad ist Arzt, Psychiater, um genau zu sein. Er wollte Jenny und mir am Tag der Beerdigung ein Beruhigungsmittel geben. Damit wir das durchstehen, wie er sagte. Aber ich wollte das nicht, ich war ohnehin wie betäubt, ich wollte nicht noch abwesender sein. Irgendwie war ich es meiner Mam schuldig, dass ich das ohne chemische Hilfe durchstand. Die Stunden vor der Beerdigung waren der reine Horror. Jenny weinte und weinte, ich kümmerte mich, so gut es ging. Dad war auch immer in ihrer Nähe. Sie fragte uns Löcher in den Bauch und wir konnten nur lügen.

Lügen! Lügen! Lügen!

Mama geht es gut im Himmel, Jenny, du brauchst dich nicht zu sorgen. Mama ist nicht ganz weg, wir können sie nur nicht mehr sehen, aber wenn wir es ganz doll wollen, dann können wir sie spüren, du musst nur ganz fest daran glauben.

Jenny und Dad haben kurz vor der Beerdigung etwas genommen, glaube ich, sie waren so ruhig, es war mir fast unheimlich. Ich fühlte mich wie tot. Als sei nicht sie, sondern ich gestorben. Ich sah den Sarg, ich sah die Menschen, ich sah den Pastor und das Kreuz. Weiter hinten stand Tom, er hatte einen dunklen Anzug an. Ich ging ans Grab und warf Erde hinein, aber ich fühlte nichts. Es war ein so seltsam abwesendes Gefühl, als wäre ich ein Schauspieler in einem furchtbar schlechten Kitschfilm, in dem die Hauptdarstellerin viel zu früh ums Leben gekommen war.

Das anschließende Kaffeetrinken katapultierte mich mit voller Kraft zurück in die Wirklichkeit, vor allem wegen Onkel Henry. Onkel Henry ist der Schrecken der Familie, das fünfte Rad am Wagen. Keiner will ihn dabeihaben, aber irgendwie ist er immer da. *Das Grauen* hatte Mam ihn manchmal genannt. Das hat sie nicht böse gemeint, er war einfach eine Nervensäge und am Beerdigungstag war es nicht auszuhalten. Am liebsten hätte ich ihm eins in die Fresse gehauen. Diese blöden, völlig sinnentleerten Sprüche: *Wird schon wieder. Muss ja. Geht schon irgendwie weiter.*

Als er dann auch noch seinen Arm um Jennys Schulter legte, bin ich ausgerastet. »Wir gehen jetzt nach Hause, Jenny!« Ich nahm ihre Hand und zog sie weg von ihm.

»Aber Papa muss doch mit.«

»Er kommt nach.«

»Nein, ich will nicht ohne ihn nach Hause gehen.«

»Wir gehen jetzt, verdammt noch mal«, ich zog sie einfach hinter mir her. Ich wollte nicht alleine sein und dafür benutzte ich meine kleine Schwester. Und Dad ließ ich zurück, bei den anderen und bei Onkel Henry.

»Passi, warum willst du denn jetzt schon nach Hause gehen?« Jenny weinte, während ich sie hinter mir herzog.

»Weil in dem Café nur Idioten sitzen, ich ertrag das nicht.«

»Aber Papa ist kein Idiot.« Sie schluchzte so sehr, dass es mir fast die Brust zerriss. Ich ging in die Hocke.

»Natürlich ist Papa kein Idiot, Jenny. Er ist unser Dad! Ich bin nur ziemlich durcheinander … wegen … dem … hier. Ich brauche jetzt Ruhe und es wäre schön, wenn du mit mir nach Hause kommen würdest. Aber wenn du lieber zurück ins Café zu den anderen willst, ist das natürlich auch in Ordnung.«

Sie sah mich mit ihren verheulten Augen an und zog den Rotz hoch.

»Ich komme mit dir.«

»Danke, Jen.«

Skinny

Es war der 2. Weihnachtstag. Wir gingen mit Papa zum See, Mama blieb zu Hause und bereitete das Essen vor. Die Bank war frei, es waren nur sehr wenige Kinder da. Ein paar Erwachsene machten einen Morgenspaziergang um den See herum. Papa half uns mit den Schlittschuhen. Vicky war zuerst fertig und fegte los.

»Vicky, warte bitte!«, rief Papa.

Dann war auch ich auf dem Eis und flitzte Vicky hinterher.

»Hey, ihr zwei, wir sind doch nicht bei der Olympiade, kommt bitte zurück.«

Vicky war so unglaublich schnell, ich würde sie niemals einholen können. Aus einer fröhlichen Schlittschuhfahrt wurde schon bald ein Wettkampf. Ich hörte Papa rufen, er lief hinter uns her.

»Vicky! Bev! Ihr haltet jetzt sofort an und kommt zurück!«

Doch unser Wetteifer war stärker als das schlechte Gewissen, nicht auf Papa zu hören. Vicky war weit vor mir, ich legte noch einen Zahn zu. Ihr Pferdeschwanz lugte unter der roten Mütze hervor. Ich sauste über das Eis, fühlte mich wie schwerelos und war sicher, Vicky fühlte das Gleiche. Wir fuhren und fuhren. Es wurde leiser, die anderen Kinder hatten wir weit hinter uns gelassen und auch Papas Rufe waren kaum noch zu hören. Er konnte uns nicht einholen, wir waren mit den Schlittschuhen einfach viel schneller als er.

Ein paar Erwachsene liefen am seitlichen Ufer entlang und riefen uns etwas zu, ich konnte sie nicht verstehen. Wir waren die Eisprinzessinnen der Olympiade, schnell wie Blitze, sie unser Publikum, das uns anfeuerte. Ich sah Vicky vor mir. Meine große Schwester, immer ein kleines bisschen schneller als ich, immer ein kleines bisschen mutiger. Ihr Pferdeschwanz, ihre rote Mütze. Ein roter Punkt, der vor mir hersauste.

Dann knackte es plötzlich unter mir, ich wurde langsamer. Das Knacken wurde lauter, schließlich hielt ich ganz an und rief nach Vicky. Sie reagierte nicht, vielleicht hörte sie mich nicht. Für einen kurzen Moment stand ich einfach da, dann traute ich mich und sah hinunter.

Risse! Direkt unter mir im Eis, und es entstanden weitere, wie Spinnweben. Ganz vorsichtig drehte ich mich um, Papa kam auf mich zugerannt und rief etwas, ich verstand ihn nicht. Er war noch so weit weg, viel zu weit. Die Rufe der Erwachsenen am Ufer wurden lauter, ich spürte die Panik in ihren Stimmen.

Ich drehte mich wieder um zu Vicky. Sie war nicht mehr da. Ich suchte die rote Mütze, aber weit und breit – nichts. Verwirrt fuhr ich ein Stück in ihre Richtung, das Knacken unter mir und Papas Rufe ignorierend.

Und dann sah ich es!

Das Loch im Eis, der zersplitterte Eisrand. Sekunden

später den roten Punkt. Vicky! Meine Schwester war zu einem roten Punkt unter dem Eis geworden.

Ich schreie. Papa ist jetzt da. Alles geht so langsam, als hätte jemand die Welt auf Zeitlupe gestellt. In Zeitlupe zeige ich auf den roten Punkt unter dem Eis. In Zeitlupe rennt Papa zu dem Eisloch und springt ins Wasser, es reicht ihm bis zur Brust. Ich sehe, wie er unter dem Eis nach Vicky greift. Er bekommt sie zu fassen, zuerst sehe ich ihre Mütze, dann ihren Oberkörper. Vicky ist wieder da! Papa legt sie vorsichtig auf den Eisrand. Das Eis bricht, sie taucht wieder unter, ich höre auf zu atmen. Dann hat Papa sie wieder. Ich schreie und schreie. Papa weint. Mein Papa weint!

Ein Mann kommt angerannt. Jetzt geht plötzlich alles ganz schnell. Der Mann zieht in sicherer Entfernung seine Jacke aus und legt sich flach auf das Eis, er schiebt die Jacke bis zum Rand des Eises. Papa legt Vicky auf die Jacke, der Mann zieht sie vorsichtig in Sicherheit, dorthin, wo das Eis dick genug ist. Dann versucht Papa, aus dem Eisloch zu kommen, bricht aber immer wieder ein. Ich sehe ihm zu wie in einem bösen Traum, das kann alles nicht wirklich passieren! Ich bin im Kino, gleich wird jemand das Licht anmachen und alles ist wieder gut. Ein zweiter Mann kommt angerannt, er reicht meinem Papa einen langen Stock, an dem er sich auf das Eis ziehen kann. Er rutscht vorsichtig ein paar Meter auf dem Bauch in Sicherheit, dann steht er auf und rennt zu der Stelle, wo sie Vicky hingelegt haben.

Mich hat er vergessen! Ich will hinter ihm her, aber

unter mir kracht es, weitere Spinnweben entstehen. Mein Papa hat mich einfach vergessen! Eine fremde Frau nähert sich mir vorsichtig, ich sehe die Angst in ihren Augen. Sie reicht mir die Hand und zieht mich über das Eis zu der Stelle, wo Vicky liegt. Ich bin in Sicherheit!

Meine Schwester liegt regungslos da, jemand hat sie mit einer Jacke zugedeckt. Ihr Gesicht ist eine weiße Maske. Die Frau, die mich in Sicherheit gebracht hat, schreit jetzt etwas in ihr Telefon. Papa drückt immer wieder auf Vickys Brust und atmet seinen Atem in sie rein. Er weint und weint. Atmet in Vickys Mund, drückt auf ihre Brust, weint, atmet, drückt, weint, atmet.

Sirenen! Zwei weiß gekleidete Männer rennen mit einer Trage zu uns, sie legen Vicky darauf und hüllen sie in eine komische goldene Folie. Ich muss an das Jesuskind denken. Und an die Heiligen Drei Könige, die das Gold gebracht haben. Und Weihrauch. Ich weiß gar nicht, was Weihrauch ist. Ich sehe zu meinem Papa, der neben Vicky kniet. Er hat die Hände gefaltet und murmelt etwas. Was, das kann ich nicht verstehen. Einer der weißen Männer legt Vicky eine Maske auf das Gesicht, daran befindet sich ein Ballon. Der andere weiße Mann drückt auf Vickys Brust. Mir laufen die Tränen über die Wangen, mein Anorakkragen ist schon ganz nass. Die fremde Frau kommt zu mir und nimmt mich in den Arm. Ich schluchze so laut, dass ich gar nicht verstehe, was sie sagt, sie redet auch mehr mit meinem Haar als mit mir.

»Ich hab sie!«, sagt einer der Männer. Ich verstehe

nicht, was er damit meint. *Ich hab sie!* Dann rennen sie mit der Trage zum Krankenwagen, der am Ufer steht. Papa nimmt meine Hand und wir laufen den Männern hinterher, ich immer noch mit den blöden Schlittschuhen. Papa hebt mich hoch und einer der Sanitäter zieht mich in den Krankenwagen.

Später, zu Hause, war alles ganz anders als früher. So still. Oma und Opa waren viel da, während Mama und Papa bei Vicky waren. Ich wollte unbedingt zu ihr, aber meine Eltern gingen immer alleine. Sie erzählten mir, Vicky ginge es gut und sie vermisse mich ganz schrecklich, ich glaubte ihnen kein Wort. Das war der Zeitpunkt, an dem ich verstand, dass man Erwachsenen nicht alles glauben darf, nicht mal den eigenen Eltern. Ich hatte solche Sehnsucht nach Vicky, dass es in der Brust wehtat. Ein Gefühl, das ich niemals vergessen werde.

Dann kam eines Tages das Monstrum. Mama hatte das zweite Kinderzimmer eingerichtet, da stellten sie es hinein. Es war Furcht einflößend, mit einem Metallrahmen und viel zu groß. Unsere Betten hatten rosa Gestelle aus Holz und Papa hatte unsere Namen draufgemalt, meinen in Blau und Vickys in Rot. Unsere Betten waren Kuschelburgen, das Monstrum war das Monstrum. Ich wollte es nicht einmal ansehen.

Am gleichen Nachmittag kam Oma, Papa und Mama gingen zu Vicky. Oma setzte sich auf das Sofa und klopfte neben sich, um mir zu bedeuten, dass ich mich dazusetzen sollte. Sie legte ihren Arm um mich.

»Heute Nachmittag bringen Mama und Papa Victoria nach Hause.«

Vicky! Endlich würde ich Vicky wiedersehen.

»Dann musst du ein sehr tapferes, kleines Mädchen sein, Bev.« Ich schluckte, konnte kaum sprechen vor lauter Angst.

»Wann kommt Vicky denn?«

»Bald.«

»Wann?«

»Ich weiß es nicht genau, Bev, es gibt da noch so viele Formalitäten zu erledigen.« Ich wusste nicht, was Formalitäten waren.

»Kann ich dann mit Vicky nach draußen gehen?«

Meine Oma schwieg lange, zu lange.

»Nein, mein Spatz, das wird leider nicht gehen, nicht heute.«

»Warum nicht?« Ich hatte furchtbare Angst vor der Antwort. Wieder schwieg Oma so lange, dann seufzte sie und drückte meine Hand noch etwas fester.

»Vicky war sehr lange unter Wasser, kannst du dir das vorstellen?«

Nein, konnte ich nicht, wollte ich auch gar nicht!

»Sie konnte nicht atmen, dadurch ist etwas in ihrem Kopf kaputtgegangen.«

Das wollte ich auf keinen Fall glauben!

»In Vickys Kopf ist nichts kaputt!«

Dann hörten wir das Taxi, es hielt mit laufendem Motor vor der Tür. Ich lief zum Fenster, Oma kam hinterher und legte wieder ihren Arm um mich. Erst stieg Mama aus, dann Papa. Er trug eine Decke. Ich hielt nach Vicky Ausschau, aber ich sah sie nirgends.

»Ist Vicky noch im Taxi?«

»Nein, Spatz, Papa hat Victoria auf dem Arm.«

»Kann Vicky denn nicht mehr laufen?« Alles in mir sträubte sich gegen den Gedanken. Vicky war noch schwach, sie brauchte Ruhe, mehr hatte das nicht zu bedeuten. Ich ging mit Oma die Treppe hinunter, meinen Eltern entgegen. Mama schaute irgendwie an mir vorbei, Papa lächelte mir zu. Vickys Füße lugten unter der Decke hervor, ich sah ihre rosa Söckchen. Dann ging Papa in die Knie und ich konnte meiner Schwester endlich ins Gesicht sehen. Sie hatte die Augen zu, obwohl ich sicher war, dass sie gar nicht schlief. Irgendwie sah sie komisch aus, aber ich konnte nicht richtig verstehen, was anders war. Es lief ihr ein bisschen Spucke aus dem Mund, Mama wischte sie mit einem Taschentuch weg.

»Vicky ist noch sehr schwach von dem Unfall, sie muss jetzt viel schlafen. Wir bringen sie nach oben.«

»Aber nicht in das Monstrum!« Mama lächelte mich an, ich sah, dass sie sehr traurig war.

Sie legten sie dann doch in das Monstrum, unsicher blieb ich in der Zimmertür stehen. Mama strich Vicky über die Wange, ihr Kopf fiel zur Seite, das erschreckte mich. Vorsichtig ging ich zum Monstrum und stellte mich neben Mama. Sie legte mir den Arm um die Schulter, genau wie Oma vorhin.

»Vicky soll die Augen aufmachen!«

»Bev, Victoria ist sehr müde, sie muss jetzt schlafen.« Ich glaubte ihr kein Wort, rüttelte an Vickys Schulter.

»Sprich mit mir, Vicky!«

»Sie kann dich nicht verstehen, Baby.« Meine Mama begann zu weinen.

Und ich begann zu verstehen, dass meine Zwillingsschwester Vicky, meine zweite Hälfte, nicht mehr da war.

Pascal

Wir gingen eine Zeit lang schweigend nebeneinander her, Jenny und ich. Es wurde leichter, je weiter wir von dieser verfluchten Beerdigungsgesellschaft wegkamen. Jenny hielt meine Hand ganz fest, sie weinte jetzt nur noch leise.

»Passi, wo ist Mama jetzt?«

Ach du Scheiße! Ich dachte, Dad hätte es ihr gestern irgendwie erklären können. Was sollte ich meiner kleinen Schwester sagen? Woran hatte ich geglaubt, als ich sechs war? An Gott? An Wolken, auf denen die Engel saßen und zu uns herabblickten? Ich konnte mich nicht erinnern. Also schwieg ich.

»Passi?« Ihre Stimme klang so sehnsüchtig, sie brauchte eine Geschichte, so viel war klar. Eine Geschichte, die sie trösten würde.

»Kennst du Pippi Langstrumpf?«

»Nee.«

»Echt nicht?«

»Nee, wer soll 'n das sein?«, schniefte sie.

»Pippi Langstrumpf ist das mutigste, stärkste und klügste Mädchen auf der ganzen Welt.«

»Echt?«

»Echt!«

Sie schlurfte mit ihren Schuhen durch den Staub.

»Pippi Langstrumpf war ungefähr so alt wie du, da lebte sie schon ganz alleine in einem großen Haus.«

Meine Schwester schwieg.

»Sie wohnte alleine in dem Haus, weil ihre Eltern weg waren, obwohl Pippi das nicht wollte und ihre Eltern auch nicht.«

»Kapier ich nicht.«

»Weißt du, ihre Mutter war ein Engel und lebte auf einem Stern. Abends sah sie immer vom Stern runter auf die Erde und achtete darauf, dass es ihrer Tochter gut ging.« Wir gingen ein Stück weiter, ohne etwas zu sagen.

»Macht Mama das jetzt auch?«

Das wäre schön, Jenny!

»Ja, das macht Mama jetzt auch, sie achtet auf uns.«

»Und auf Papa?« Sie sah mich fragend an.

»Natürlich, Jenny, auch auf Papa.« Ich überlegte, was ich noch über Pippi Langstrumpf wusste. »Pippi war übrigens nur eine Abkürzung. In Wirklichkeit hieß sie Pippilotta.«

»Pippilotta klingt lustig.« Schnief.

»Pippilotta Viktualia Rollgardina Pfefferminz Efraimstochter Langstrumpf. Und ihr Haus hieß Villa Kunterbunt.«

Jenny grinste.

»Dort wohnte sie zusammen mit einem Pferd und einem Affen.«

»Quatsch!«

»Doch, wirklich, der Affe hieß Herr Nilsson.«

»Und hatte das Pferd auch einen Namen?«

Klar hatte das Pferd einen Namen, ich konnte mich aber verdammt noch mal nicht mehr daran erinnern, also dachte ich mir was aus.

»Das Pferd hieß Herr Pferd.«

»Herr Pferd ist lustig.« Meine kleine Schwester sah mich aus ihren verheulten Augen grinsend an und mir wurde etwas leichter ums Herz. »Und was hat diese Pippi den ganzen Tag gemacht?«

»Abenteuer erlebt.«

»Welche?«

»Das heißt ›was für welche‹.«

»Okidoki. Was für welche?«

»Einmal kamen Einbrecher, die hatten gehört, dass da ein kleines Mädchen ganz alleine in einem Haus wohnt und einen Goldschatz hat.«

»Hatte Pippi denn einen Goldschatz?«

»Klar!«

»Echt?«

»Echt!«

»Und dann?«

Tja, und dann. Ich wusste es nicht mehr. Mam hatte es mir vorgelesen, als ich noch ganz klein war. Sie hat an meinem Bett gesessen und mir von diesem wundersamen Mädchen erzählt, das sogar Einbrecher zähmen konnte und Löwen. Meine Gedanken flohen in eine Zeit, in der noch alles gut war, einfach und leicht. Mam war immer für uns da gewesen, jede Sekunde eines jeden Tages. Was für ein wunderbares Gefühl das ist, jemanden zu haben, der immer da ist, war mir nie richtig bewusst gewesen. Wie gerne hätte ich ihr das jetzt gesagt.

»Passi, was dann!«, holte Jenny mich in die Gegenwart zurück.

»Die finsteren Gesellen hatten gehört, dass in dem Dorf ein kleines Mädchen ganz alleine in einem großen Haus wohnt, genannt die Villa Kunterbunt.«

»Weiß ich doch schon!«

»Eines Nachts sind sie einfach in die Villa eingedrungen.«

»Was ist das?«

»Was?«

»Eingedrungen?«

»Na ja, die haben wohl eine Scheibe eingeschlagen oder so.«

»Durften die das denn?«

»Natürlich nicht, Jen, deshalb sind das doch Einbrecher! Und dann haben sie ganz still das Haus nach dem Goldschatz abgesucht, dadurch wurde Herr Nilsson wach.« Ich hatte keine Ahnung, ob die Geschichte wirklich so ging, aber ich fand mich richtig gut als Märchenonkel.

»Und Herr Nilsson hat die Einbrecher verscheucht?«

»Nö, so einfach lassen Einbrecher sich nicht verscheuchen. Herr Nilsson hat so einen Krach gemacht, dass Pippi wach wurde, und dann sahen sich die Einbrecher einem kleinen, rothaarigen, sommersprossigen Mädchen gegenüber, dem ein noch kleineres Äffchen auf der Schulter saß. Mit anderen Worten, sie hielten sich für sicher.«

»Waren sie aber nicht, oder?« Ihre Hand drückte meine noch etwas fester.

»Ganz und gar nicht.« Diese kleine Hand, es tat so gut, sie zu halten.

»Cool.«

»Wo hast du das denn her?«

»Was?«

»Na, das ›cool‹?«

»Sagt Tami immer.«

»Ach so.« Ich schwieg wieder.

»Passi! Wie geht die Geschichte weiter?«, quengelte Jenny.

Ich überlegte. Ich konnte mich nur noch erinnern, dass Pippi den Herren irgendwann ein Käsebrot geschmiert hat. Warum kannte ich diese blöde Geschichte nicht besser? Schließlich hatte Mam sie mir mehr als einmal erzählt.

»Die Einbrecher waren irgendwie ganz okay, glaube ich.«

»Aber das waren doch Einbrecher!«

»In der Welt von Pippi Langstrumpf geht das.«

»Echt?«

»Echt!«

»Und wie geht die Geschichte nun weiter?«

»Ganz einfach, Pippi hat den Einbrechern Brote geschmiert, der eine hat dann noch auf dem Kamm geblasen und der andere hat getanzt, in der hell erleuchteten Küche. Die fühlten sich ganz wohl in der Villa Kunterbunt. Ganz spät in der Nacht, der Affe und Herr Pferd schliefen schon längst, hat Pippi jedem noch einen Goldtaler gegeben und dann sind die wieder abgezogen, glaube ich.«

»Cool.«

»Ja, cool.« Ich hielt ihre Hand und wir gingen zurück in unser Haus. Das kalte, dunkle, stille Haus.

Skinny

Ich kam von einer meiner Polarreisen zurück, die mich Jahre von zu Hause fortgehalten hatten. Jedenfalls tat Anton so, als ich zu Vicky ins Zimmer ging. Ich musste unbedingt mit ihr reden. Aber erst wollte Anton seine Streicheleinheiten. Als er sich einigermaßen beruhigt hatte, setzte ich mich zu meiner Schwester ans Bett und nahm ihre Hand. Das Licht war gedämpft, Mama hatte für Vicky Musik angemacht. So ein Esoterikgedudel, das angeblich beruhigend wirken soll. Mich würde es in den Wahnsinn treiben, aber Vicky schien es zu gefallen. Es war Mittwoch, da hatte sie immer Wassergymnastik und brauchte hinterher viel Ruhe. Meist schlief sie einige Stunden. Jetzt war sie wach, vermutlich noch nicht lange. Ich schaltete die Musik aus.

»Mensch, Vicky, das Leben war echt einfacher, als ich Jungs noch doof fand. Das ist doch total bescheuert, dass ich immer noch an den Typen aus Andys Laden denken muss. Ich meine, der Hirsch hat mich versetzt!«

»Anobev«, lachte Vicky. Sie war glücklich, dass ich bei ihr war. Ich und unser kleiner tibetischer Tempeltiger. Anobev heißt Anton und Bev. Dass ich jetzt Skinny hieß, konnte ich ihr nicht beibringen.

»Meinst du, dass ich das bald überstanden habe,

Vicky? Das mit dem dämlichen Nachdenken über den Typen, meine ich? Jeden Abend, wenn ich ins Bett gehe, denke ich an den. Das ist doch nicht normal!« Anton sprang auf meinen Schoß, ich streichelte ihm über sein helles Fell. »Das erste Date meines Lebens und der Typ kommt einfach nicht!«

Unten ging die Eingangstür auf und im Flur wurde es laut. Mama und Bea kamen nach Hause. Das wurde aber auch Zeit. Einmal in der Woche treffen sich die zwei und machen einen Bummel durch die Stadt, wie sie das nennen. Dann bin ich ganz allein für Vicky verantwortlich. Na ja, bin ich ja sonst auch, wenn man es genau nimmt. Die Shoppingtouren der beiden gehen mir ziemlich auf den Keks. Wenn sie gegen Abend zurückkommen, sind sie immer in reichlich ausgelassener Stimmung. So ist Mama sonst nie. Zu Hause ist sie eigentlich immer müde und muss sich entweder *mal kurz hinlegen* oder *vor dem Fernseher abschalten*.

Mit Tüten bepackt kommen Mama und Bea polternd ins Haus, um mit einem Glas Sekt den *netten Tag* zu beschließen. Wie jede Woche. Anfangs fand ich das super, vor allem, weil sie immer Geschenke dabeihatten. Aber je älter ich wurde, desto bescheuerter fand ich die Sachen, die meine Mutter für mich und Vicky anschleppte. Hübsche Blüschen und nette Röckchen für ihre kleinen Püppchen. Irgendwann, ich glaube mit dreizehn, habe ich beschlossen, mir meine Sachen selber zu kaufen. Aber Mama wollte das nicht erlauben. Ich sei noch zu jung für einen eigenen Geschmack. Dass ich nicht lache!

Also setzte ich mich eines Abends ins Wohnzimmer und wartete auf meinen Vater. Es war elf, als er endlich kam. Mama lag längst im Bett.

»Bev, was machst du denn hier, wieso bist du noch auf?« Er setzte sich zu mir.

»Wir müssen reden.«

»Ist was passiert? Geht es Mama und Vicky gut?« Seit wann interessiert es dich denn, wie es deiner Familie geht?

»Kommt drauf an, was du unter gut verstehst.«

»Was zum Teufel ist los, Bev?«, wurde er lauter.

»Nichts ist los, alles wie immer.« Das schien ihn komischerweise zu beruhigen.

»Ich brauche Geld.«

»Mama gibt dir doch sicher Taschengeld, oder?«

Na, wenn du nicht mal das weißt.

»Sie vergisst es immer wieder. Du weißt ja, wie sie ist. Außerdem brauche ich dringend neue Klamotten.«

»Wie meinst du das?«

»Was?«

»›Du weißt ja, wie sie ist‹, wie meinst du das?«

»Ich meine damit, dass Mama mit ihrer einen Tochter scheinbar so viel zu tun hat, dass sie sich nicht auch noch um die andere kümmern kann.« Das war eine glatte Lüge, denn in Wirklichkeit kümmerte ich mich ja um Vicky und nicht Mama. Aber egal. Papa sah mich erschrocken an.

»Das stimmt doch nicht, Bev!«

Ich schwieg.

»Ich werde mit ihr reden.«

»Kannst du gerne machen, trotzdem brauche ich Geld.« Er gab mir welches und zwar nicht zu knapp. Vermutlich trieb ihn sein schlechtes Gewissen.

Von dem Zeitpunkt an kaufte ich mir meine Sachen selber, sehr zum Leidwesen meiner Mutter. Nach einigen erfolglosen Versuchen, mir weiterhin ihren Kleidergeschmack aufzudrängen, gab sie auf und konzentrierte sich auf Vicky, sehr zu meinem Leidwesen.

Irgendwann ging ich nach der Schule zum Friseur. Und zwar nicht in den Salon, in den meine Mutter mich bisher geschleift hatte, sondern in einen in der Stadt, von dem ich die anderen hatte reden hören. Dröhnend laute Musik schallte mir entgegen, während eine Friseurin, die ziemlich cool aussah, mich auf einen freien Platz verfrachtete.

»Was kann ich für dich tun?«, fragte sie, während sie mit dem Kamm durch mein Haar fuhr.

»Kurz.«

»Wie kurz?«

»Ganz kurz.«

»Deine Locken sind klasse, dafür würde sich so manche Frau ein Ohrläppchen abschneiden«, meinte sie zweifelnd.

»Kurz.«

»Okay, wachsen ja wieder.« Sie wusch mir die Haare und begann vorsichtig zu schneiden.

»Kürzer.«

»Bist du sicher?«

»Absolut.«

Sie sah mich skeptisch an.

»Wachsen ja wieder.« Ich grinste sie an, sie grinste zurück.

»Dann wollen wir es mal wagen.« Der Boden um uns herum wurde schwarz von meinen Locken, während ich im Spiegel beobachten konnte, wie ich mich mehr und mehr veränderte. Das Ergebnis gefiel mir.

»Jetzt möchte ich noch eine blaue Strähne, hier vorne.«

Sie machte wieder ihr skeptisches Gesicht. »Dafür sind deine Haare viel zu dunkel, Blau würde man gar nicht sehen.«

»Was kann man da machen?«

»Ich müsste es erst blondieren und dir die blondierte Strähne dann blau färben.«

»Okay.«

»Aber das wäre nur ein Versuch, ich kann nicht garantieren, dass wir ein schönes Blau hinbekommen.«

»Versuch klingt gut.«

Die Blondiercreme musste lange einwirken und stank ekelhaft. Die Haarsträhne wechselte von Braun zu Gelb, hin zu etwas Grünlichem und ich begann zu zweifeln, ob die Idee mit der Farbe wirklich so gut gewesen war. Nachdem ein Auszubildender mir die Blondiercreme rausgewaschen und die blaue Farbe aufgepinselt hatte, saß ich wieder vor dem Spiegel, auf ein annehmbares Ergebnis hoffend. Was Mama wohl sagen wird? Vermutlich fällt sie in Ohnmacht. Die Strähne war von sattem Blau, genau wie ich es mir vorgestellt hatte. Zufrieden mit dem Ergebnis ging ich nach Hause, auf dem Weg dachte ich über ein Tattoo nach.

Pascal

Dad kam meist früh nach Hause, er sei in der Klinik ohnehin nicht zu gebrauchen, sagte er. Gegen Abend kochte er für uns, was in der Regel ziemlich schiefging. War aber auch egal, wir hatten sowieso alle keinen Appetit. Mein Dad war sehr schmal geworden und ich hatte das Gefühl, er wurde von Tag zu Tag blasser. Manchmal saß er einfach da und starrte in den Garten, oft stundenlang. Ich hätte ihn gerne irgendwie getröstet, aber mir fiel nicht ein, wie ich das hätte anstellen sollen. Mir ging es ja selber beschissen.

»Pascal, du solltest so langsam wieder zur Schule gehen, sonst verpasst du zu viel«, sagte er eines Abends. Wir saßen mal wieder vor etwas Undefinierbarem, in dem wir lustlos stocherten. Allein der Gedanke an die Schule machte mich krank. Alle würden mich bemitleiden, die Lehrer genauso wie meine Klassenkameraden. Und das war nun wirklich das Letzte, was ich ertragen könnte.

Jenny sah mich an, sie ging seit einer Woche wieder in die Schule. »Ist gar nicht so schlimm, Passi, versuch es doch wenigstens mal.«

»Jenny, es geht nicht, okay?«

»Warum geht es denn nicht, Pascal?«, fragte Dad, ich schwieg. »Du kannst nicht den Rest deines Lebens damit zubringen, auf dem Bett zu liegen und an die Decke zu starren!«

»Ach, und warum sollte ich das nicht können?«

Dad sah mich an. »Dann spiel wenigstens ein bisschen Klavier, Pascal. Deine Mam hätte das ganz sicher gewollt.«

»Mam kann das aber nicht mehr hören.« Jenny begann zu weinen. Scheiße! Ich nahm ihre Hand. »Alles gut, Jenny, alles gut. Ich brauche einfach noch ein bisschen Zeit, okay?«

»Okay.« Ihre Stimme war so dünn wie zu der Zeit im Krankenhaus.

Wie mein Vater richtig bemerkt hat, lag ich meist auf dem Bett rum und starrte die Decke an. Ich dachte viel an Mam, sie fehlte mir so sehr. Ihr Lachen, ihre Fürsorge. Die Zärtlichkeit, mit der sie uns immer angesehen hat, Jenny und mich.

Mein kleiner Ballerino hat sie mich früher oft genannt. Zum ersten Mal, als ich heulend von der Schule kam, kurz nach der Einschulung. Wir sollten fotografiert werden, ein Klassenfoto für die Schulpinnwand. Stolz wie Oskar war ich mit meiner neuen Jeans und dem knallroten Hemd auf dem Kinderrad zur Schule geradelt und hatte mich im Hof neben meine Klassenkameraden ins Blitzlichtgewitter gestellt. Drei Tage später bekam jeder von uns einen Abzug. Frau Maier, unsere Klassenlehrerin, legte mir mein Foto auf den Tisch. Ich sah drauf und sofort schossen mir Tränen in die Augen. Verena begann zu kichern, das weiß ich noch. Ob über das Foto oder meine Tränen, weiß ich nicht mehr. Mitten in dem Bild stand ein Zwerg. Der Zwerg hatte ein rotes Hemd an und sah aus wie ein Feuerlöscher. Ein zu kurz geratener Feuerlöscher, um genau zu sein. Ich war der Kleinste von allen! Sogar kleiner als die Mädchen! Diese Erkenntnis traf mich wie ein Schlag. Meine Mam konnte mich kaum trösten, als ich mittags nach Hause kam.

»Ich will da nie wieder hin! Schule ist soooo doof«, schluchzte ich ihr in die Bluse.

»Aber warum denn, Passi?« Sie zog mich auf ihren Schoß.

»Ich bin der Kleinste und alle, alle lachen über mich.«

»Das tun die bestimmt nicht.« Mam strich mir meine Haare aus der Stirn.

»Doch! Alle! Ich bleibe für immer klein, das weiß ich ganz genau«, heulte ich weiter.

»Ach, mein kleiner Ballerino. Da musst du keine Sorge haben, du machst noch einen ordentlichen Schluck, das verspreche ich dir.« Sie sagte Schluck, nicht Schuss.

»Du wirst ein großer, hübscher junger Mann, wirst schon sehen.«

»Neehhheee«, schluchzte ich.

»Ganz bestimmt, Passi, das kannst du mir ruhig glauben.«

»Aber in die Schule geh ich niiieee wieder!«

»Das sehen wir morgen, okay?«

»Nie, nie wieder!«

Ich ging natürlich doch. Und Mam hat recht behalten, ich habe noch einen *ordentlichen Schluck* gemacht. Ein lebender Schrankkoffer wird wohl nicht mehr aus mir, aber heute bin ich immerhin einsfünfundsiebzig – und vielleicht wachse ich ja auch noch ein bisschen.

Wenn ich nicht an Mam dachte, dann dachte ich an das Mädchen aus Andys Laden. Sie ging mir einfach nicht aus dem Kopf, obwohl ich sie doch gar nicht kannte. Ich wusste ja nicht mal ihren Namen. Hin und wieder hörte ich die CD von Nutini, aber die zog mich nur noch mehr runter. Irgendwann, ungefähr fünf Wochen nach der Beerdigung, habe ich das Rad genommen und bin zu Andy gefahren. Ich stöberte in den CDs und hoffte insgeheim, dass sie vielleicht auftauchen würde. Was natürlich Quatsch war, so viel Zufall gibt es einfach nicht.

»Und, wie war das Konzert?«, fragte Andy, als ich mit der aktuellen CD von Linkin Park an die Kasse ging, dabei hob er vielsagend eine Augenbraue.

»Welches Konzert?«

»Na, Paolo Nutini.«

»Ich war nicht da.«

»Was heißt das, du warst nicht da? Du hattest doch ein Date, oder etwa nicht?« Andy hat den absoluten Durchblick in Sachen Musik, ansonsten kann er einem furchtbar auf die Nerven gehen.

»Ich konnte nicht.«

»Du reißt ’n Mädchen auf und lässt dann das Date platzen? Ey, nenn mich altmodisch, aber das macht man nicht.«

»Ich konnte nicht, okay?«

»Warst du krank oder was?«

»Ähm, so was in der Art.«

»Mann, Mann, Mann, du hast ja vielleicht Nerven!«

»Kommt sie öfter hierher?«

»Wer?«

»Andy!«

»Hin und wieder.«

»An bestimmten Tagen?«

»Nee, glaub nicht.«

»Wann war sie denn das letzte Mal da?«

»Keine Ahnung.«

»Du hast nicht zufällig ihre Nummer?«

»Und wenn ich sie hätte, dann würde ich sie dir nicht geben. Hast du nicht genau hingeschaut, oder was? So eine verarscht man doch nicht!«

»Hey, ich wollte sie nicht verarschen, ehrlich, ich konnte einfach nicht.«

»Ich hab keine Nummer von ihr, tut mir leid.«

Als ich aus dem Geschäft ging, sah ich sie! Sie fuhr mit dem Rad auf den Laden zu, an ihrer blauen Haarsträhne erkannte ich sie sofort. Ich versteckte mich hinter einem Baum. Mein Herz begann zu hämmern, als sie ihr Rad abschloss, höchstens zwei Meter von mir entfernt. Sie ging in den Laden und ich wartete hinter dem Baum, dabei kam ich mir reichlich dämlich vor. Vor allem hatte ich keinen Plan, was ich machen sollte, wenn sie wieder rauskam. Zu ihr gehen? Was könnte ich denn schon sagen? Dass ich leider nicht zum

Konzert kommen konnte, weil mich eine Grippe erwischt hat? Wohl kaum! Nachdem sie sich wieder auf ihr Rad gesetzt hatte, fuhr ich mit einigem Abstand hinter ihr her. Im Kopf ging ich alle Optionen durch und stellte fest, ich hatte keine. Na super! Also blieb ich auf Abstand. Wie der letzte Depp.

Sie fuhr ganz schön schnell, ich hatte Mühe hinterherzukommen. Irgendwann bog sie in die Mörikestraße ein und wurde langsamer. Ich blieb auf Abstand. Vor dem Gymnasium hielt sie, stieg ab und schloss ihr Fahrrad an. Sie geht also aufs Mörike. Was nun, Pascal Brandt? Ich hatte definitiv keine Ahnung, also blieb ich stehen und sah zu, wie sie die Treppe zur Eingangstür hinauflief. Dann war sie drinnen und ich keinen Schritt weiter. Sensationelle Leistung!

Später, ich lag wieder auf dem Bett und starrte die Decke an, klingelte das Telefon. Dad ging ran, ich konnte ihn reden hören, verstand aber nicht, mit wem er sprach.

»Passi, das ist für dich«, rief er nach einer Weile. Ich blieb liegen. Er sah ins Zimmer. »Hast du nicht gehört? Telefon für dich.«

»Wer denn?«

»Frau Scholz.« Meine Klavierlehrerin! Ich hatte meine Stunden einfach ausfallen lassen, nahm aber an, dass Dad Bescheid gegeben hat.

»Weiß sie … ich meine …?«

»Ja, sie weiß es, Pascal, rede bitte mit ihr.« Er sah mich aufmunternd an.

Ich ging also zum Telefon. »Hallo?«

»Hallo Pascal, du hast fünf Unterrichtsstunden ausfallen lassen, dafür habe ich natürlich Verständnis.« Komisch, es klang trotzdem wie ein Vorwurf. »Die nächste ist morgen.«

Ich schwieg.

»Und du wirst da sein.«

»Das geht nicht, Frau Scholz.«

»Ach, und warum soll das nicht gehen?«

»Ich kann einfach nicht spielen, okay?«

»Gar nichts ist okay, du sitzt hier morgen pünktlich am Flügel.« Damit legte sie auf.

Skinny

»Hey Beverley.«

»Ich heiße Skinny!« Andy schlug sich mit der flachen Hand gegen die Stirn. »Wie konnte ich das nur vergessen?«

»Ich könnte mal wieder einen Tipp gebrauchen.«

»Motorama.«

»Nie gehört.«

»Du wolltest ja auch einen Tipp.« Er grinste und schob die CD in den Player. Ich setzte die Kopfhörer auf. Andy tat so, als würde er irgendwas sortieren, während ich die CD hörte, aber in Wirklichkeit beobachtete er mich. Das ist so ein Tick von ihm. Ich glaube, er glaubt, Menschen am Gesichtsausdruck ansehen zu können, ob ihnen eine bestimmte Musik gefällt oder nicht.

Mir war irgendwie komisch zumute. Was, wenn dieser Junge plötzlich hier auftauchte? Ich hatte zwar nicht vor, mir meinen Lieblingsladen vermiesen zu lassen, nur weil so ein Typ meint, mich verarschen zu müssen, trotzdem wäre es ja schon irgendwie peinlich, ihm zu begegnen.

»Nehm ich«, ich gab Andy den Kopfhörer zurück.

»Dachte ich mir«, er grinste wieder, »wie war denn das Konzert?«

»Welches Konzert?«

»Paolo Nutini.«

»Keine Ahnung.«

»Du warst nicht da?«

»Nee.«

»Aber du hattest dir doch ein Ticket gekauft.«

»Ich fand die CD scheiße, also bin ich nicht gegangen.«

»Aber gab es da nicht noch eine Klitzekleinigkeit mehr als das Konzert?«

»Keine Ahnung, wovon du redest.«

Er legte mit großer Geste seine Hand aufs Herz. Sehr witzig.

»Was bekommst du für die CD?«

Andys Hand lag noch immer auf seinem Herzen und er grinste. Ich kenne keinen Menschen, der so grinsen kann wie Andy. Er sah aus wie ein Breitmaulfrosch.

»Also, was bekommst du für die CD?« Grinsen. »Hey, wenn du kein Geld willst, dann nehm ich sie so mit.« So langsam wurde mir das hier zu blöd.

»Er hat nach dir gefragt.«

»Wer hat nach mir gefragt?«

»Er.«

»Keine Ahnung, wovon du sprichst. Wenn du mir die CD nicht verkaufen willst, dann bestelle ich mir zukünftig meine Musik bei Amazon.« Amazon ist das ganz persönliche rote Tuch von Andy.

»Da bekommst du aber keine Tipps.«

»Wer weiß.«

Er hat nach dir gefragt, dröhnte es in meinem Kopf.

»Was hat er denn von mir gewollt?« Ich biss mir auf die Zunge. Zu spät, es war raus.

»Wer?«, drehte Andy den Spieß um.

»Vergiss es und lass mich endlich die CD bezahlen.«

»Er wollte deine Nummer.«

»Wann?«

»Vor fünf Minuten.«

»Aber du hast meine Nummer nicht.«

»Stimmt.«

»Und was hast du ihm gesagt?«

»Dass ich deine Nummer nicht habe.«

»Gut.«

»Ich könnte sie ihm aber geben, wenn er das nächste Mal kommt. Vorausgesetzt natürlich, du gibst sie mir.«

»Ganz sicher nicht.«

Pascal

Das Mörike hatte einen ziemlich umfangreichen Internetauftritt. Da hat sich jemand wirklich Mühe gemacht und wenig Wichtiges und sehr viel Unwichtiges online gestellt. Lehrer haben einfach zu viel Zeit! Ich klickte mich durch den gesamten Auftritt. Dann sah ich sie! Etwas rutschte ziemlich schnell ziemlich tief runter in meinen Magen. Ein Gruppenfoto, sie stand am Rand, mit ihrer blauen Strähne im Haar. Bildunterschrift: AG Physik. Physik, Respekt! Ich strich mit dem Daumen über das Foto. Leider standen keine Namen drunter. Wie sie wohl heißt? Warum kann ich sie nicht einfach vergessen? Ich meine, ich kenn die doch überhaupt nicht. Warum geistert sie mir ständig im Kopf rum? Ich hab echt 'nen Schaden! Ich überlegte noch eine Weile, dann fasste ich einen Entschluss und schrieb Tom eine SMS. Das erste Lebenszeichen, das er von mir bekam, nachdem … nach der Beerdigung. Er antwortete sofort und wir verabredeten uns für den Abend am See.

Im Wohnzimmer klimperte Jenny auf dem Klavier rum. Sie hatte vor einem halben Jahr angefangen zu spielen.

»Du musst auf deine Fingerhaltung achten, Jen.« Ich setzte mich neben sie und korrigierte ihre Finger, die eigentlich noch etwas zu klein waren fürs Klavierspiel.

»Spiel du doch mal, Passi.« Sie sah mich an.

»Dein kleines, blödes Kinderlied?«

»Okidoki.«

Ich musste lachen und spielte ihr das kleine, blöde Kinderlied vor. Ich hatte es für sie komponiert, deshalb durfte ich es auch so nennen.

»Und nun du.«

Sie versuchte es nachzuspielen, aber die Noten waren noch zu schwer für sie.

»Üben, üben, üben, Jenny.«

»Das musst du gerade sagen!«

Tom saß schon am Seeufer im Gras, als ich kam, er winkte mir zu. Ich konnte seine Unsicherheit spüren, als ich mich neben ihn setzte. Wir schwiegen ein bisschen vor uns hin, das konnten wir gut.

»Wie geht's denn so, Kumpel?«, fragte er nach einer Weile und knetete dabei seine Hände. Kumpel! Ich hab ihm tausendmal gesagt, dass der Ausdruck Kumpel nicht retro, sondern total beknackt ist, aber ihm gefällt er anscheinend.

»Geht so.«

»Ist es ... ich meine ... ach, Kacke, Mann!« Tom ist eigentlich nicht auf den Mund gefallen. Im Gegenteil, manchmal können einem seine blöden Sprüche ziemlich auf die Nerven gehen.

»Es ist alles eine totale Scheiße, Tom.«

»Kann ich mir denken.« Wir schwiegen wieder und starrten auf den See. Er räusperte sich. »Wie geht es denn Jenny und deinem Vater?«

»Jenny packt es ganz gut, aber Dad macht mir echt Sorgen. Er bräuchte irgendwas, das ihn ablenkt oder aufheitert oder so.«

Tom sah mich an. »Hast du denn was, das dich ablenkt oder aufheitert oder so?«

Ich schüttelte den Kopf, dann nahm ich allen Mut zusammen: »Sag mal, Tom, kann man irgendwie die Namen von Schülern einer anderen Schule rauskriegen?«

»Was für Namen?«

»Es geht um jemanden vom Mörike.«

»Wen?«

»Das will ich ja gerade rausfinden!«

Er sah mich an. »Um wen geht es, Kumpel?«

»Ein Mädchen.«

Er grinste, dann schlug er mir auf die Schulter. »Das ist ein gutes Zeichen!«

»Ich kenn sie überhaupt nicht, aber auf der Homepage vom Mörike ist ein Bild von ihr.«

»Du willst den Namen von einem Bild rausfinden?« Er sah mich zweifelnd an.

»Na ja, nicht ganz. Ich bin ihr einmal begegnet, in Andys Laden. Und nun wüsste ich gerne ihren Namen. Nur so.«

»Nur so?« Toms Grinsen wurde breiter.

»Also, hast du eine Idee, wie ich den Namen rausbekommen kann?«

Er boxte mir in die Seite. »Willkommen zurück im Leben! Darf ich dich ein bisschen rumführen?«

»Tom!«

»Zeig mal das Bild.«

Ich holte mein Handy raus, lud das Bild hoch und zeigte es ihm. »Die mit der Strähne.«

Er pfiff durch die Zähne. »Ziemlich heiß!«

»Tom!«

»Heute ist dein Glückstag, Kumpel, die Freundin meiner Schwester geht aufs Mörike.«

Skinny

Ich war zu früh, wie immer. Also setzte ich mich an den Flügel und klimperte rum. Spielen konnte ich zwar nicht, aber ein paar Akkorde hatte ich mal gelernt.

»Hallo Skinny, du willst also doch mitmachen?« Wie aus dem Nichts war Holler im Raum, auch zu früh. Er trug total coole Klamotten. Ich stand auf, eigentlich war es Schülern nicht erlaubt, ohne Beisein eines Lehrers auf dem Klavier zu spielen.

»Vielleicht.«

»Freut mich, du hast nämlich wirklich eine tolle Stimme.«

»Aber nicht so toll wie Lorde.«

»Du hast sie dir angehört?«

»Die klingt super.«

»Mit einer guten Stimmbildung wärst du in einem Jahr auch so weit.«

»Haha.«

»Hör mal, ich bin zwar nur ein blöder Lehrer, aber von Musik verstehe ich was.«

»Das mit dem blöden Lehrer haben Sie gesagt.«

»Stimmt. Das *blöd* nehm ich zurück.« Er lachte. »Ich könnte dich unterrichten.«

»Wie meinen Sie das denn?«

»Na, Einzelunterricht Gesang.«

»Noch mal haha.«

»Kostet dich nichts. Wir könnten uns einmal die Woche in meinem Übungsraum treffen ... oder hier, wenn dir das lieber ist.«

»Warum sollten Sie das tun?«

»Vielleicht, weil es Spaß macht?«

»Spaß scheint Ihnen ja sehr wichtig zu sein.«

»Dir nicht?«

»Weiß nicht.«

Er lächelte und setzte sich an den Flügel, dann sah er mir in die Augen. »Welche Musik hörst du am liebsten, Skinny?«

»Nirvana.« Holler lachte laut auf. Ich war irritiert, hatte aber nicht vor, mich von einem Lehrer auslachen zu lassen. Von einem Referendar schon gar nicht.

»Was soll daran bitte komisch sein?«, fragte ich.

»Sorry, nichts gegen dich, aber ich dachte, Nirvana hört heutzutage keine Sau mehr.«

»Sehe ich aus, als wäre ich eine Sau?«

Sein Hals wurde leicht rot. »Hey, das war nur eine Metapher! Ich meine, also ... ich dachte, ihr hört alle diesen Kram ...«

»Kram?«

»Na ja, also das Zeug aus dem Fernsehen ... oder Internet.«

»Sie meinen Beyoncé, Justin Bieber, Leona Lewis und so?«

»Wer ist Leona Lewis?«

»Fragen Sie Micaela!«

»Mal im Ernst, woher kennst du Nirvana?«

»Von Andy.«

»Andy?«

»Das ist dieser komplett kranke Typ, der den Plattenladen in der Südstraße hat.«

Holler überlegte einen Moment. »Du meinst doch nicht etwa diesen Schuppen, der wie eine Kreuzberger Shisha-Bar aussieht?«

»Genau den Schuppen meine ich.«

»Das ist ein Plattenladen?«

»Exakt.«

»Nicht dein Ernst.«

»Doch.«

»Es gibt in dieser Stadt noch einen echten Plattenladen?«

»Ich glaube, Andy glaubt, dass Amazon nur eine Übergangserscheinung ist. Eines Tages geschieht ein Wunder und plötzlich – bumm – steht sein Laden voll mit Leuten, die von ihm CDs – oder besser noch Platten – kaufen wollen.«

»Der Laden kann doch unmöglich wirtschaftlich arbeiten!«

»Keine Ahnung.«

»Ich dachte, ihr ...« Er zögerte.

»Was wir?«

»Ich dachte, dass ihr euch alle eure Musik aus dem Netz holt ... ohne dafür zu bezahlen.«

»Das ist die Regel.«

»Und du bist die Ausnahme?«

»Ich bin die Ausnahme, ich bin old school.«

Er grinste. »Du bist also old school, so, so. Wollen

wir den Song vom letzten Mal zu zweit versuchen, Madame Old School?«

»Auf keinen Fall!«

Er lachte wieder, ich sah seine weißen Zähne. »Also gut, dann warten wir, bis die anderen da sind. Aber denk über den Einzelunterricht nach, versprochen?«

»Mal sehen.«

Micaela kam rein, mit lautem Hallo folgten Yannik und Max, dann nach und nach der Rest der Truppe. Ich hatte zu kaum jemandem Kontakt, außerhalb der Schule schon gar nicht. Sie schienen verwundert, mich zu sehen.

Holler stellte uns nach Stimmen auf, hinten die Jungs, Tenor und Bariton. Vorne die Mädchen. Links Sopran, rechts Alt. Dann verteilte er Noten. Es war ein anderer Song als beim letzten Mal, er hieß *Will I?*.

»In Puccinis *La Bohème* ging es um Dichter und Maler.«

»Wem sagen Sie das«, warf Yannik ein.

»Und eine der Hauptfiguren, Mimi, hatte ...«

»... Schwindsucht«, ergänzte Micaela.

»Ich sehe schon, ihr kennt euren Puccini.«

»Mein Puccini ist das ganz sicher nicht«, sagte ich.

Holler lachte. »*Rent* spielt in New York Ende des letzten Jahrhunderts. Aber statt um Schwindsucht geht es um Aids.«

Ich sah auf den Text.

Will I loose my dignity, will someone care? Will I wake tomorrow from this nightmare?

»Ich hab die DVD dabei und der Beamer steht ja

noch. Yannik, mach doch mal die Rollos runter«, sagte Holler.

Der Film startete. Eine Gruppe junger Menschen, Schwarze und Weiße, Männer und Frauen, saßen im Kreis und sangen das Lied. Mit dem Wissen, dass sie alle HIV-positiv waren, wenn auch nur im Film, war es besonders bedrückend. Nachdem Holler den Player gestoppt hatte, blieben alle still, bis Yannik wieder Licht in den Raum ließ.

»Super Song«, meinte er und räusperte sich.

»Dann versuchen wir es mal, okay? Das klappt beim ersten Mal ganz sicher noch nicht so richtig, also nichts dabei denken, einfach weitersingen.« Wir sangen es ein paarmal durch und Holler gab uns Tipps. Wo die Pausen wie lang sein mussten und so. Dann sah er mich an. »Sing du doch mal die Hauptstimme, Skinny.«

»Ganz sicher nicht!«

»Komm schon, Skinny, du klingst wirklich am besten von uns allen«, meinte Max. Hier will mich doch jemand auf den Arm nehmen! Versteckte Kamera, oder was?

Holler sah zu mir. »Max hat absolut recht, deine Stimme ist klasse.«

»Ich mache das nicht, Punkt!«

»Also gut, wer will es dann mal probieren?«

Micaela meldete sich, diese Streberin! Holler begann wieder zu spielen, Mica verpasste den Einsatz, war ja klar. Holler ließ sich nichts anmerken, spielte einfach weiter und gab ihr dann mit einem Nicken das Einsatzzeichen. Leicht verschleppt setzte sie ein. Sie sang echt schlecht, ich hätte es besser gemacht.

Danach war die Zeit rum, schade.

»Wann können wir uns denn den Film mal ganz ansehen?«, fragte Tomaz.

»Wie wäre es nächsten Mittwoch? Dann solltet ihr euch allerdings etwas mehr Zeit nehmen. Danach können wir entscheiden, welche Songs wir einstudieren wollen.« Holler sah in die Runde, wir nickten. »Dann sehen wir uns also am Montag zum regulären Unterricht und Mittwoch zu Popcorn und Cola.« Er lächelte uns noch mal an, bevor wir das Musikzimmer verließen.

»Der ist nett, oder?«, sagte Micaela auf dem Weg zum Fahrrad.

»Geht so.«

»Das Chorprojekt wird der Beginn einer ganz großen Musikkarriere, glaube mir.«

»Das ist ja wohl nicht dein Ernst, oder?«

»Warum nicht, man muss nur an sich glauben, dann klappt das auch.«

»Träum weiter, Baby!«

Sie lachte und stieg aufs Rad. »Weißt du, was dein Problem ist, Skinny? Du bist einfach nicht locker.« Weg war sie.

Natürlich bin ich locker, total locker sogar!

Pascal

Mein Unterricht bei der Krähe ist eine einzige Katastrophe gewesen. Ich habe einfach alles vergeigt. Wie ein Anfänger! Irgendwann war ich so frustriert, dass ich am liebsten das Klavier aus dem Fenster geschmissen hätte. Ich saß einfach da und starrte vor mich hin. Auf dem Flügel stand eine Batterie alter Barockflöten auf einem Ständer. Die Krähe ist ziemlich mager und unscheinbar, hat aber immer einen knallrot geschminkten Mund. Keine Ahnung, warum, hübscher wurde sie dadurch nicht. Die Flöten hatten alle einen roten Lippenstiftabdruck am Mundstück. Es sah irgendwie ekelig aus.

»Du hast einige Zeit nicht so intensiv geübt, Pascal. So was macht sich schnell bemerkbar. Lass dich dadurch nicht aus der Ruhe bringen.« Sie blätterte durch ihre Noten. »Fangen wir mit etwas Leichterem an. Bachs Präludien?« Die Präludien hatte ich vor zwei Jahren durchgeknüppelt.

»Nein.«

»Oder ein paar Fugen?«

»Nein.«

Sie sah mich an, in ihrem Blick lag mehr als die übliche Strenge. Ich glaube, es war Mitleid. Das hatte mir gerade noch gefehlt. Wenn sie jetzt das Falsche sagt, fange ich an zu heulen wie ein Baby. Ich hatte keinen guten Tag.

»Ich habe eine Idee, Pascal.«

Ich schwieg, ihre Ideen interessierten mich nicht die Bohne.

»Was für Musik hörst du, wenn du zu Hause bist?«

»Meistens Rock«, sagte ich entschuldigend.

»Dachte ich mir. Meier hat eine kleine Abteilung mit Rocknoten. Schau dich da doch mal ein bisschen um, vielleicht findest du was, worauf du Lust hast.«

»Moment mal! Sie haben mir immer gesagt, das würde mein Spiel versauen.«

Sie lachte. »Dann hab ich mich eben geirrt.«

»Sie haben mir auch immer gesagt, dass Sie sich nie irren.«

Die Krähe schaute mir in die Augen. »Welche Band findest du gerade richtig dufte?«

Dufte! Sie sagte wirklich dufte! Tom fällt tot um, wenn ich ihm das erzähle.

»Linkin Park finde ich ziemlich cool.«

»Dann geh zu Meier und frag ihn, ob er einen Klavierauszug von diesem Linkin Park hat. Falls der überhaupt Noten geschrieben hat.« Sie schaute mich skeptisch an. Ich musste grinsen.

»Rockmusik ist auch Musik, Frau Scholz.«

»Wenn du das sagst.«

Auf dem Heimweg kam eine SMS von Tom. Die Freundin seiner Schwester konnte nicht helfen, sie kannte das Mädchen nur vom Sehen und wusste ihren Namen nicht. Die Nachricht passte perfekt zu meiner miesen Laune.

Skinny

Meine Mutter ist eine schlechte Mutter, jedenfalls wenn man Oma glauben darf. Ständig zanken die beiden sich rum. Weil Mama so viel Geld ausgibt zum Beispiel. Mein Vater ist quasi dauerabwesend, während meine Mutter das ganze Geld in Möbelhäuser und Dekoläden trägt. Wir haben ungelogen alle paar Monate was Neues in der Wohnung rumstehen. Damit wir es schön haben, sagt Mama. Dabei ist es mir komplett egal, wie es bei uns aussieht, Vicky erst recht. Und Papa ist doch nie da!

Dauerthema Nummer zwei: Vicky! Oma findet, Mama kümmert sich nicht genug um sie. Und damit hat meine Oma recht. Macht aber überhaupt nichts, denn Vicky hat ja mich und ich kümmere mich gut um sie.

Als wir jünger waren, Vicky und ich, ist Oma viel öfter da gewesen. Zu der Zeit war Anton noch nicht bei uns und Oma hat angeblich eine Hundehaarallergie, aber das glaube ich ihr nicht. Sie verändert sich kein Stück, wenn Anton in ihrer Nähe ist, deshalb ist das wohl nur eine Ausrede. Vermutlich hat sie einfach die ständige Streiterei mit Mama satt.

Oma ging früher oft mit uns auf den Spielplatz, Vicky war so gerne draußen. Ihr kleiner Rollstuhl hatte knallrote Räder und wenn Oma ihm einen Schubs gab, dann jauchzte Vicky und die Räder leuchteten in der Sonne. Nach einem dieser Nachmittage hörte ich, wie Oma mit Mama schimpfte.

»Iris, du musst dich zusammennehmen, so geht das nicht«, eröffnete Oma das Gespräch. Mama schwieg.

»Du hast eine Verantwortung für zwei kleine Mädchen, hast du das vergessen?«

»Wie könnte ich das vergessen?«, erwiderte Mama.

»Ich helfe dir, so gut ich kann. Wir alle helfen. Aber du darfst dich nicht so hängen lassen.«

»Ich lass mich überhaupt nicht hängen! Warum müssen eigentlich immer alle auf mir rumhacken?« Mama klang ziemlich böse. »Mach doch zur Abwechslung mal deinem Sohn Vorwürfe.«

»Wieso sollte ich?«

Mama schnaubte. »Peter lässt mich hier mit allem alleine!«

»Ach Iris, das stimmt doch nicht.«

»Er kommt keinen Abend vor acht nach Hause.«

»Peter hat viel Arbeit.«

»Wie praktisch für ihn.«

Ich wollte das alles gar nicht hören, aber Oma sagte auch nichts mehr. Ein paar Minuten später kam sie in mein Zimmer und stellte mir einen Kakao neben mein Schulheft.

»Geht es gut in der Schule, Bev?«

»Geht so.«

»Das ist prima.« Abwesend strich sie mir übers Haar. Später hörte ich die Haustür zuschlagen, Oma hatte mir nicht mal Tschüss gesagt.

Pascal

Ich setzte mich an den Flügel und starrte auf die Noten. Klavierspielen war mein Leben gewesen. Als ich noch ein echtes Leben hatte. Ich klappte den Deckel auf und legte meine Hände auf die Tasten. Dann begann ich zu spielen, die *Rhapsodie* von Brahms – Mams Lieblingsstück. Ich verhaute mich schon ziemlich am Anfang. Fluchend knallte ich den Klavierdeckel wieder zu und schmiss die Noten in die Ecke. Am liebsten hätte ich laut geschrien. Um mich abzulenken, zog ich eine Jacke über, steckte die Schlüssel in die Tasche und setzte mich aufs Rad. Ich fuhr und fuhr, während mir die Tränen über die Wangen liefen. In mir hallte ein einziger Satz, der sich unentwegt wiederholte, wie eine alte Schallplatte mit Sprung: *Ich will mein altes Leben zurück, ich will mein altes Leben zurück, ich will mein altes Leben zurück.*

Am nächsten Morgen ging es mir etwas besser, ich fuhr zu Meiers Musikalienhandel und sah mich in der Rockabteilung um. Die Bezeichnung allein war schon lächerlich, es gab fast keine Noten. Ein bisschen Beatles und Lennon, das war's auch schon. Wenn überhaupt, würde ich im Internet sicher mehr finden. Vielleicht ja sogar was von Linkin Park. Von Herrn Linkin Park, wenn es nach der Krähe geht. Ich schaute noch mal kurz durch die Klavierabteilung, obwohl ich jedes Instrument auswendig kannte, dann sagte ich Tschüss, ging zur Tür und sah durch die Scheibe nach draußen. Gegenüber lag das Mörike. Vielleicht würde ich sie ja sehen, das Mädchen aus Andys Laden. Vor der Schule war alles ruhig, also sah ich mich noch eine Weile bei den klassischen Noten um. Ich fand was für Jenny, *First Term at the Piano* von Bartók. Der alte Meier stand hinter der Ladentheke wie ein Monarch. Keine Ahnung warum, aber wann immer ich in dem Laden war, trug er einen beigen Kittel. Vielleicht wollte er seiner Kundschaft suggerieren, dass er gerade einen ganz, ganz wichtigen Flügel instand setzte. Einen, auf dem in Kürze eine Größe wie Lang Lang spielen würde oder so. Ich war nicht mal sicher, ob es im hinteren Bereich des Ladens überhaupt eine Klavierwerkstatt gab.

Während ich die Noten bezahlte und Meier umständlich das Wechselgeld abzählte, sah ich wieder durch das Fenster. Vor der Schule sammelten sich jetzt ein paar Schüler. Der Unterricht war also vorbei. Mein Herz begann zu klopfen. Was ist nur los mit mir, dass ich dieses Mädchen nicht aus dem Kopf bekomme? Ich kenne die doch gar nicht! Ein paar Worte, mehr haben wir nicht miteinander gesprochen.

Dann sah ich sie! Sie lief die große Eingangstreppe herunter. Mein Herz raste. Was sollte ich tun? Ich sagte Meier endgültig Tschüss, ging aus dem Geschäft, nahm all meinen Mut zusammen und schlenderte zu ihr rüber, die Hände lässig in den Hosentaschen. Jedenfalls hoffte ich, dass es lässig wirken würde.

»Hey«, stammelte ich – ziemlich uncool. Ich hatte keinen Plan, was ich ihr sagen sollte. Den brauchte ich auch nicht, denn ich wurde komplett ignoriert, während sie ihr Fahrrad aufschloss.

Pascal Brandt, der Unsichtbare!

Ich stellte mich ihr in den Weg. Mann, ich hatte keine Ahnung, was ich machen sollte. Sie sah mir in die Augen.

»Wenn du was sagen willst, dann wäre das jetzt genau der richtige Zeitpunkt, ansonsten lass mich gefälligst vorbei.« Sie klang schwer genervt.

»Ähm, ich weiß auch nicht ... vielleicht könnten wir ...?«

»Nein, könnten wir nicht!« Sie sah mich kühl an, ich machte den Weg frei, dann stieg sie auf ihr Rad und fuhr weg. Ich stand da wie der allerletzte Honk.

Tobi hatte Chips dabei, Max ein paar Dosen Cola. Irgendwie war die Stimmung total anders, als sie im Unterricht normalerweise ist. Viel lockerer. Alle lachten viel, Max bot mir sogar eine Cola an. Tobi verteilte die Chips auf ein paar alten Notenblättern und Yannik machte die Rollos runter, das war zu seinem Job geworden.

»Seid ihr bereit?«, fragte Holler, der direkt neben mir saß. Wir nickten, dann startete er den Film und die nächsten zweieinhalb Stunden verbrachten wir in New York. Einem New York der Musiker und Tänzer, Schwulen und Lesben, Drogensüchtigen und Überlebenskünstler. Der lauten und der leisen Töne. Vor allem die leisen Töne waren gespenstisch. Hin und wieder hörte man ein Schluchzen oder Naseputzen, ich kämpfte auch mit den Tränen, hielt aber durch, ohne zu heulen. So einen Film hatte ich in meinem ganzen Leben noch nicht gesehen.

»Voll schön«, schluchzte Micaela, nachdem der Film vorbei war. Sie hatte ganz rote Augen.

»Besser als *La Bohème*?«, fragte Holler.

»Auf jeden Fall, super Songs«, meinte Lea, während sie sich die Nase putzte.

»Gut, dann lasst uns mal sammeln, welche der Songs

wir singen wollen. *Rent*, der Titelsong, sollte auf jeden Fall dabei sein.«

»Der ist aber total schwer.«

Holler sah mich an. »Den schreiben wir so um, dass er für euch funktioniert.«

»Wer ist denn wir?«

»Das mache ich mit meiner Band, die Jungs hab ich schon gefragt, sie sind dabei. Was haltet ihr von *Light My Candle*?«

»Voll schön!« Micaela!

»Das ist ein Duett. Da brauchen wir also zwei Solisten. Mutige vor!« Er sah mich an, dann schaute er zu Yannik. »Was ist mit dir, du hast eine ziemlich gute Stimme?«

»Ich kann's ja mal versuchen.«

»Und wer übernimmt die Frauenstimme?« Wieder sah er mich an, Max stieß mir in die Seite, Micaela meldete sich.

»Ich mach es!«, sagte ich schnell.

Holler grinste. »Super, Skinny, dann wäre das schon mal klar.«

Ich bin wahnsinnig geworden!

»Ich schlage vor, das nächste Mal proben wir die zwei Songs, die wir schon kennen, und im Anschluss übe ich mit Skinny und Yannik den Solopart. Geht das für euch?«

Yannik nickte, ich auch.

Als wir fertig waren, ging ich zu meinem Fahrrad. Und da stand er plötzlich vor mir. Der Typ aus Andys Laden. Er sah anders aus, schmaler. Und so blass hatte ich ihn auch nicht in Erinnerung. Mein Herz klopfte wie wild, als ich mich über das Rad beugte und an meinem Schloss rumfummelte, obwohl es schon längst offen war. Was sollte ich sagen?

Ganz cool, Mädchen, der Typ hat dich versetzt, nicht vergessen! Ich blieb also cool. Zu cool, um genau zu sein. Viel zu cool. Ich habe ihm nicht die kleinste Chance gegeben.

Auf dem Weg nach Hause war ich in einer ganz komischen Stimmung. Warum hatte ich den Typen aus Andys Laden einfach abblitzen lassen? Mir ist wirklich nicht mehr zu helfen!

Pascal

»Heute Abend kommt Tom zum Essen, wenn das okay ist.« Ich sah meinen Dad an. Er lächelte.

»Klar ist das okay, ich freue mich, Tom mal wiederzusehen.« In Wirklichkeit freute er sich, dass ich endlich nicht mehr nur auf dem Bett rumlag und an die Decke starrte.

»Jenny, hast du Lust, mir in der Küche zu helfen, ich mache eine Lasagne.«

»Au ja. Hilfst du auch mit, Passi?« Sie sah mich so erwartungsvoll an, dass ich einfach nicht Nein sagen konnte. Also trottete ich hinter den beiden her in die Küche. Ich setzte mich auf den Barhocker am Fenster und starrte hinaus. Draußen war es sonnig. Ein kleiner Hund tollte einem roten Ball hinterher. Es sah lustig aus, wie er sich fast überschlug vor lauter Eifer.

»Pascal, deckst du bitte schon mal den Tisch.«

Ich beobachtete den Hund. Er kaute jetzt an etwas herum, das vielleicht mal ein Schuh gewesen war.

»Pascal!«

Der Hund schleppte den Schuh auf die Straße.

»Passi, du kannst auch ruhig mal was helfen«, meinte meine neunmalkluge Schwester. Der Hund saß mitten auf der Straße, er hatte sich in den Schuh verbissen.

Ein Auto kam mit ziemlicher Geschwindigkeit die Straße entlang.

»Pascal, ich möchte dich nicht noch einmal bitten!«

Das Auto raste auf den Hund zu.

Der Hund kaute am Schuh.

Lauf weg, Hund!

Der Hund blickte auf.

Ich hielt den Atem an.

Der Hund machte einen Satz zur Seite.

Das Auto überfuhr den Schuh.

Es piepste. Ich schrak zusammen. Der Backofen hatte die nötige Temperatur erreicht.

Nachdem ich den Tisch gedeckt hatte, klingelte es auch schon, ich machte auf. Tom ist ein ziemlicher Schrank, wenn der einem auf die Schulter klopft, geht man schon mal in die Knie, so wie ich gerade.

»Na Kumpel, was gibt es Neues von der geheimnisvollen Unbekannten aus dem Mörike?«

»Hab sie kurz gesehen«, flüsterte ich. Tom bekam große Augen.

»Echt, erzähl mehr«, dröhnte er laut.

»Später, lass uns erst mal essen.« Wir gingen zusammen in die Küche.

»Hallo Tom, schön, dich mal wieder hier zu haben«, sagte mein Dad.

»Ich freu mich auch.« Tom war verlegen, konnte ich ihm nicht verübeln.

»Hallo Jenny.«

»Hallo Tommy.« Er grinste und wuschelte meiner kleinen Schwester durchs Haar.

»Geht schon mal ins Esszimmer, die Lasagne ist fast fertig«, meinte Dad.

»Oh, es gibt Lasagne, toll.« Tom schlug sich auf den Bauch wie ein alter Mann.

Dad kam mit der dampfenden Auflaufform in der Hand herein. »Jenny hat mir beim Kochen geholfen.«

»Dann schmeckt es sicher doppelt so gut.« Tom zwinkerte Jenny zu, die wurde rot.

Die Lasagne war wirklich nicht schlecht. Tom schaufelte sich das Zeug rein, als hätte er Jahre nichts zu essen bekommen. Wir anderen stocherten nur darin herum, wie immer.

»Es ist gut, dass du da bist, Tom«, meinte Dad. Mein bester Freund sah von seinem Teller auf, was ihm sichtlich schwerfiel.

»Vielleicht kannst du diesem sturen Esel, der mein Sohn nun mal ist, klarmachen, dass man seinen sechzehnten Geburtstag nicht einfach ausfallen lässt.«

In zwei Wochen werde ich sechzehn und ich habe nicht vor, das zu feiern!

Tom sah mich an. »Natürlich feierst du!«

»Natürlich feiere ich nicht!«

»Doch!«

»Nein!«

»Doch, doch, doch!«

»Ach komm, Tom, das ist albern!«

»Doch, doch, doch!«, meinte Jenny und lachte.

»Auf gar keinen Fall!«

Tom dachte nach, dann zog ein Grinsen über sein

Gesicht. »Tja, Kumpel, ich sehe da exakt zwei Möglichkeiten.«

Ich schwieg.

»Möglichkeit eins: Du feierst deinen Geburtstag, wie es sich für einen Sechzehnjährigen gehört. Fette Party, coole Musik und jede Menge Leute, die es so richtig krachen lassen.«

»Oder?«

Tom zwinkerte Jenny und meinem Dad zu. »Oder du bekommt eine Überraschungsparty geliefert, von der du noch deinen Enkeln erzählen wirst.«

»Gute Idee, Tom«, meinte Dad.

»Super, Tommy«, stimmte Jenny zu.

»Ich verreise«, sagte ich.

»Nun sag schon, wo bist du ihr begegnet?« Wir waren in meinem Zimmer.

»Vor dem Mörike, sie hat gerade ihr Fahrrad aufgeschlossen …«

»Hallo! Das war ja wohl noch nicht das Ende der Geschichte, oder?«

»Sie hat mich abblitzen lassen.«

»Dann heißt es jetzt: Auf in den Kampf, Torero!«

»Tom! Der Spruch könnte von meinem Opa sein!«

»Du musst das als Herausforderung sehen, Kumpel. Das Mädel will erobert werden.«

»Ey, das war eine 1-a-Abfuhr. *Das Mädel* will nichts von mir wissen.«

»Genau das ist die Herausforderung.« Er zwinkerte mir zu. »Also, wen laden wir alles zu deiner Party ein?«

»Es wird keine Party geben, Tom!«

Mein Freund wurde ernst. »Deine Mam hätte ganz sicher nicht gewollt, dass du hier rumhängst und Trübsal bläst, Pascal.«

»Vielleicht.«

»Darauf kannst du Gift nehmen, Kumpel!«

Skinny

»Deine Mutter will heute Abend ein *ernstes Gespräch* mit uns führen.« Mama klang schwer genervt. Ich stand oben im Flur, also konnte ich jedes Wort verstehen.

»Worum geht es denn dieses Mal?«, fragte Papa.

»Na, worum wird es wohl gehen? Darum, was für eine schlechte Mutter ich bin. Darum geht es doch immer.«

»Das kann ich mir nicht vorstellen, Iris.«

»Peter! Darum geht es seit elf Jahren! Darum und um nichts anderes!«

»Wir können uns ja mal anhören, was sie zu sagen hat.«

»Da bleibt uns ja wohl auch gar nichts anderes übrig, oder?«

»Du schätzt sie falsch ein, Iris, sie will doch nur helfen.«

»Auf die Art von Hilfe kann ich langsam wirklich verzichten!«

Mein Vater seufzte. »Wann kommt sie denn?«

»Gegen acht und ich wäre dankbar, wenn wir nicht auf dich warten müssten.«

Ich beschloss, bei dem Gespräch dabei zu sein. Und ich wusste auch schon, wie ich das anstellen würde.

Als Oma abends kam, ging ich nach oben. Ich hatte im Wohnzimmer die Lüftungsklappe des Kamins aufgemacht. Der führte durchs Bad, das ebenfalls über eine Lüftungsklappe verfügte. Ich setzte mich auf den Toilettendeckel, hoffte, dass das Gespräch nicht in der Küche stattfinden würde, und hielt mein Ohr an die Klappe. Dann hörte ich die Tür. Sie mussten nicht mal besonders laut reden, ich verstand jedes Wort.

»Freut mich, dass du auch da bist, Peter.«

»Worum geht's denn dieses Mal, Mutter?« Papa wählte den Angriff.

»Es geht um Vicky – und um Beverley.«

Ich hörte Mama stöhnen.

»Iris, nimm es mir bitte nicht übel, aber Vicky sitzt zu viel im Haus rum. Sie ist fast nur mit Beverley zusammen, das ist nicht gut. Du musst mehr mit ihr unter die Leute gehen. Es gibt nichts, wofür du dich schämen müsstest.«

»Ich schäme mich doch gar nicht!« Mama klang schrill, ich hörte Papa seufzen.

»Wir gehen mit Vicky raus, Mutter. Das bekommst du doch oft gar nicht mit.«

»So? Wohin denn?« Papa schwieg. »Die Zeiten, in denen man behinderte Kinder zu Hause verstecken musste, sind doch zum Glück lange vorbei.« Oma blieb ganz ruhig. Ich wusste, dass sie es gut meinte, aber mir ging das Gespräch ziemlich auf die Nerven.

Mama lachte, es klang bitter. »Wir verstecken Vicky überhaupt nicht. Du hast doch keine Ahnung, was ich alles mit ihr um die Ohren habe. Physiotherapie, Muskelaufbautraining, Sprachtraining, Wassergymnastik. Ich fahre sie ständig irgendwohin. Weißt du eigentlich, wie lange es alleine dauert, bis ich sie sicher im Auto habe? Was soll ich denn noch alles machen, vielleicht mit ihr in die Oper gehen?« Mama klang, als würde sie gleich heulen. Dabei hatte sie ja recht, Vicky brauchte nun mal viel unserer Zeit, das war doch auch ganz okay. Oma schwieg einen Moment.

»Iris, denk doch wenigstens mal darüber nach. Wenn Vicky nicht gerade bei einer ihrer Therapien ist, dann ist sie zu Hause. Und sie bindet dich an das Haus. Dich und vor allem Beverley – und das ist der springende Punkt.« Ich hielt die Luft an, was hatte das jetzt zu bedeuten?

»Was meinst du denn damit?«, fragte Papa. Ich konnte sie alle atmen hören, durch den Kaminschacht. Oma, Mama und Papa.

Dann sprach Oma wieder: »Wie viele von Beverleys Freundinnen kennst du, Peter?« Er antwortete nicht. Omas Stimme war jetzt sanfter. »Du kennst keine ihrer Freundinnen, mein Sohn. Weil sie nämlich keine hat.«

In meinem Hals wurde es eng, wieso war mir plötzlich nach Heulen zumute? Von einer Minute auf die andere?

»Bev ist eben viel zu Hause«, meinte Mama.

»Ich weiß, Iris, und ich finde das beunruhigend.«

»Sie kann gehen, wohin sie will, Mutter. Wir halten unsere Tochter nicht zu Hause fest!« Stimmt doch auch!

»Sie tut es aber nicht, Peter. Weil sie sich für Vicky

verantwortlich fühlt. So einfach ist das.« Oma machte wieder eine lange Pause, dann seufzte sie. »Wann habt ihr zwei euch eigentlich das letzte Mal gefragt, wie es Beverley geht? Wie sie sich fühlt?« Meine Eltern antworteten nicht, ich heulte. Scheiße, was soll das denn jetzt? Ich presste mir einen Waschlappen auf den Mund, um mich nicht zu verraten, er schmeckte nach Seife. Vermutlich kriege ich meine Tage. Sonst ist alles okay! Alles okay!

Ich studierte die Zahnpastatube – Colgate – und die Parfümflakons – Jil Sander und Hugo Boss –, um mich abzulenken. Es half nichts, den Rest der Unterhaltung bekam ich nicht mehr mit, ich rannte in mein Zimmer, schmiss mich aufs Bett und heulte mir die Augen aus.

Pascal

Meist lese ich Jenny abends noch ein Kapitel aus Pippi Langstrumpf vor. Wir sind schon auf Seite zweiundachtzig angekommen.

»Erinnerst du dich noch an die Geschichte von Pippi und den Einbrechern, Jen?«, fragte ich sie eines Abends.

»Klar!«

»Soll ich sie dir nach dem Essen vorlesen?«

»Au ja!« Meine Schwester strahlte mich an.

»Dann ab ins Bett mit dir, aber vorher noch Zähne putzen.«

»Okidoki.« Weg war sie. Kurze Zeit später ging ich in ihr Zimmer, sie lag im Bett, die Bettdecke bis zum Kinn hochgezogen, dabei war es sehr warm.

»Du, Passi?«

»Ja, Jen?«

»Ich muss dir was sagen.«

»Was denn, Jen?«

»Eine Botschaft.« Sie schaute geheimnisvoll unter ihrer Decke hervor. Ich setzte mich zu ihr aufs Bett.

»Was denn für eine Botschaft?«

»Von Mama.«

Ich musste schlucken. »Jen, Mama ist im Himmel und sie achtet auf uns, aber ich glaube nicht, dass sie uns eine Botschaft schicken kann. Auch wenn das sehr, sehr schön wäre.«

»Doch, kann sie wohl! Sie hat mir eine Botschaft geschickt.« Sie sah mich ernst an. So ernst, dass ich fast lachen musste.

»Okay, Jen, was für eine Botschaft hat sie dir denn geschickt?«

»Sie hat gesagt, dass es jetzt an der Zeit ist.«

»An der Zeit, für was denn, Jen?«

Sie lugte unter der Decke hervor, ihre Augen blitzten. »Dafür, dass du wieder zur Schule gehst.«

»Ach nee, das hat sie gesagt?«

»Großes Indianerehrenwort.« Jenny fummelte ihre kleine Hand unter der Decke hervor und machte etwas, was sie wohl für ein Indianerzeichen hielt. Nun konnte ich mir ein Grinsen nicht mehr verkneifen.

»Na, wenn das so ist, dann muss ich wohl gehen, oder?«

»Musst du!«

»Lust auf Pippi?«

»Yes!«

Nachdem Jenny eingeschlafen war, setzte ich mich in meinem Zimmer an mein E-Piano. Ich hatte es mit zwölf bekommen, zum Üben mit Kopfhörer. Vermutlich, damit meine Eltern jedenfalls hin und wieder ihre Ruhe hatten. Ich begann die *Rhapsodie*. Wenn ich es wieder nicht schaffte, sie fehlerfrei zu spielen, würde ich ganz aufhören!

Natürlich verspielte ich mich gleich zu Anfang. Mit

lautem Krachen schlug ich den Deckel zu, nahm den erstbesten Gegenstand, den ich finden konnte – mein kleines Aufnahmegerät, das neben dem Piano lag –, und pfefferte es gegen die Wand. Am liebsten hätte ich geschrien vor Wut, stattdessen heulte ich und biss mir in die Hand, damit niemand mich hört. Als ich mich wieder etwas eingekriegt hatte, schrieb ich eine SMS an Tom, ich brauchte einfach Ablenkung.

Ich schrieb nur ein Wort: Na?
Er antwortete sofort: Na, was geht?
Ich: Heute ist es nicht so cool.
Er: Aufstehen, Krönchen richten, weitermachen!
(Würde meine Schwester jetzt sagen).

Ich musste lachen. Dann googelte ich im Internet nach Noten von Linkin Park. Ich druckte mir drei Songs aus und setzte mich wieder an mein Piano. Sie waren total einfach, ich konnte sie ohne Probleme vom Blatt spielen. Komischerweise beruhigte mich das.

Nachdem ich die Songs ein paarmal runtergeschruppt hatte, holte ich mir ein Glas Wasser aus der Küche. Im ganzen Haus war es dunkel. Ich schaute ins Wohnzimmer. Dad saß auf dem Sofa, den Kopf in die Hände gestützt, seine Schultern zuckten. Ich setzte mich neben ihn.

»Ich weiß nicht, wie ich ohne sie leben soll, Pascal.«

»Ich auch nicht, Dad.«

Wir blieben einfach zusammen dort sitzen, schweigend in der Dunkelheit.

Skinny

Drei Tage nach meinem unerklärlichen Heulanfall kam Papa gegen achtzehn Uhr nach Hause, so früh wie sonst nie.

»Bev, komm doch mal ins Wohnzimmer«, rief er nach kurzer Zeit. Ich ging also ins Wohnzimmer, er saß mit Mama auf dem Sofa, ich setzte mich ihnen gegenüber in den Sessel und legte ein Bein über die Armlehne. Mama hasst das, aber sie sagte nichts. Vicky saß in ihrem Stuhl, ganz in meiner Nähe. Sie spielte mit Felix, einem zerfledderten Stoffaffen, der schrecklich fusselte.

»Bev, wir möchten mit dir reden.«

»Ich heiße Skinny!« Papa sah mich an, ich konnte seinen Blick nicht einordnen, er sah Hilfe suchend zu meiner Mutter. Die räusperte sich.

»Skinny, wir haben vielleicht in der letzten Zeit ein bisschen zu wenig auf dich geachtet …«

Hä? Was wird das denn jetzt?

»Was soll das heißen?«

»Das heißt, wir haben über den Alltag wohl manchmal aus den Augen verloren, uns auch um dich zu kümmern.«

Na, das fällt euch ja reichlich spät ein.

»Ihr wollt euch um mich kümmern? Hallo! Ich bin fünfzehn! Alles paletti bei mir!«

»Es freut uns natürlich, dass du das so siehst, aber vielleicht fehlt dir ja was, von dem du noch gar nicht weißt, dass es dir fehlt?«, meinte Papa.

Ich verstand nur Bahnhof.

»Was wollt ihr mir eigentlich sagen?«

Papa sah mich mit einem Gesichtsausdruck an, der wohl Fürsorge zeigen sollte. »Wir möchten, dass du mehr unter Leute kommst. Du sitzt zu viel zu Hause rum, das ist doch nicht normal in deinem Alter.«

Ich überlegte kurz, ob ich ihnen von dem Chor erzählen sollte, ließ es dann aber. Was ging das meine Eltern an?

Vicky wimmerte, ich streichelte ihre Hand.

»Alles gut, Vicky, alles gut.« Sie beruhigte sich nicht, das war seltsam.

»Bev, du bist fünfzehn Jahre alt.«

Was du nicht sagst, Papa!

»Du hast kaum Freunde, du bist nie unterwegs.«

Ich habe überhaupt keine Freunde, ich habe Vicky und das reicht. Es ist gar kein Platz für noch jemanden!

Nun versuchte Mama es wieder. »Mach doch mal was mit deinen Mitschülern, Skinny. Da sind doch sicher ein paar nette Mädchen dabei.«

Ich musste an Micaela denken und schwieg.

»Jedenfalls wollen dein Vater und ich, dass du mehr unternimmst. Ausgehst und Spaß hast.«

Ich sah meiner Mutter in die Augen. »Und das fällt dir jetzt ein, nach fünfzehn Jahren?«

Sie sah auf den Boden, ich glaube, sie kämpfte mit den Tränen. Mir wurde irgendwie komisch zumute.

»Bev, sprich nicht so mit deiner Mutter, ja!«

Vicky wimmerte jetzt lauter, mein Streicheln beruhigte sie kaum.

»Ihr regt Vicky auf, ich hole schnell Anton runter.« Vor allem brauchte ich mal eine Pause. Mein Vater sah mich an, in seinem Blick lag etwas wie Mitleid, vielleicht auch Bedauern. Was ging hier eigentlich ab, verdammt?

»Bleib bitte hier, Bev. Es geht mal einen Augenblick nicht um Vicky.« Er nahm Mamas Hand, die schaute mich unsicher an. »Es geht uns um dich, Skinny.«

»In diesem Haus ging es noch nie um mich!« Ich sprang auf, lief aus dem Zimmer und knallte die Tür hinter mir zu.

Später, ich war in meinem Zimmer und hatte mich wieder beruhigt, hörte ich mir die Aufnahme vom Chor an. Wir kamen gut voran, die Songs saßen schon ziemlich sicher. Irgendwie hab ich immer mehr Soloparts dazubekommen. Scheinbar bin ich das einzige weibliche Wesen in der ganzen Klasse, das einigermaßen den Ton halten kann. Die männlichen Solostimmen singen fast komplett Yannik und Max. Max hat sich erst ziemlich gesträubt, aber einmal vom Musikvirus infiziert, entpuppte er sich schnell als echte Rampensau. Nächste Woche haben wir einen kleinen Auftritt, bis dahin gibt es noch jede Menge zu tun. Wir werden einen ganzen Samstag mit der Band proben, darauf freue ich mich schon richtig.

Es klopfte kurz, dann kam Mama ins Zimmer, sie

setzte sich auf mein Bett. Ich machte schnell den CD-Player aus.

»Was war das denn für Musik, Skinny?«

»Nichts.«

»Das war doch deine Stimme, oder?«

»Nee.«

»Ich werde ja wohl noch deine Stimme erkennen. Lass doch mal hören.«

»Nee.«

Sie sah mich an. »Ich würde es wirklich gerne hören.«

Ich stellte also den CD-Player wieder an. Komischerweise klopfte mein Herz.

»Mensch, das klingt ja richtig toll. Ist das aus dem Musikunterricht?«

»Das ist ein Chorprojekt.«

»Was denn für ein Chorprojekt?«

»Machen wir mit einem Referendar.« Morgen würde ich zum ersten Mal Stimmbildungsunterricht haben, in Hollers Übungsraum.

»Das ist ja toll, warum erzählst du uns so was denn nicht?«

»Das interessiert euch doch gar nicht.«

»Ach, Skinny.« Mama sah mich traurig an, sagte aber nichts weiter. Schweigend saßen wir da.

»Nächste Woche haben wir einen Auftritt.«

»Einen Aufritt? Wo denn?«

»In der Schule.« Ich versuchte ein Lächeln, Mama lächelte zurück.

»Da kommen wir natürlich und schauen uns deinen

Auftritt an, das ist echt toll.« Sie schien sich wirklich zu freuen, komisch.

»Aber jemand muss bei Vicky sein.«

»Ich frage Bea.«

»Auf keinen Fall!«

»Skinny, deine Schwester ist im Moment sehr stabil, sie kann durchaus mal ein paar Stunden ohne uns sein.«

»Aber nicht mit Bea!«

»Ich kann auch Oma fragen, die kommt bestimmt gerne.«

»Vielleicht.«

Pascal

»Und, Pascal, wie war der erste Tag in der Schule?« Dad sah mich an, wir saßen beim Essen.

»Geht so.« Sie hatten mich angestarrt, als käme ich vom Mars. Am liebsten wäre ich auf dem Absatz umgedreht und hätte mich wieder auf mein Bett gelegt. Zum Glück war Tom immer an meiner Seite. Er ist echt ein guter Freund.

»Das wird schon, Großer.«

Ich sagte nichts. Ich wollte Jenny nicht noch trauriger machen, sie hatte keinen guten Tag. Als ich mittags von der Schule gekommen war, hat sie in der Küche gesessen und geweint.

»Was ist denn, Jen?«, hatte ich sie gefragt.

»Ich vermisse Mama so«, schluchzte sie.

»Ich auch, Jen.« Ich setzte mich zu ihr, nahm ihre Hand und heulte einfach mit.

Später kam eine SMS von Tom.
Er: Sei froh, dass ich dein Kumpel bin!
Ich: ?
Er: Ein Konzert!
Ich: ?
Er: Da gehen wir zwei lonesome Cowboys hin!
Ich: ?

Er: Morgen Abend!
Ich: ?
Er: Wer weiß, wem wir da begegnen!
Ich: ?
Er: Das Konzert ist im Mörike!
Ich: Okay!

Skinny

»Morgen haben wir einen Auftritt, Vicky. Abends in der Schule.« Ich sah sie an, sie spielte mit Anton.

»Oma ist dann bei dir, okay?«

Sie war ganz ruhig.

»Aber nur, wenn es dir richtig gut geht, sonst bleibt Mama da. Das verspreche ich dir.«

Sie begann zu nörgeln, ich nahm sie in den Arm.

»Anton ist ja auch bei dir, Vicky.«

»Vickybev immer hier!«

»Na ja, ich muss jetzt manchmal auch weggehen, weißt du. Ich werde nämlich langsam erwachsen.« Ich lachte, sie lachte auch.

»Vickybev immer hier!«

»Ja, Vicky.« Ich blieb noch ein bisschen bei ihr sitzen und streichelte abwechselnd sie und unseren Hund. »Gleich muss ich weg, wir haben eine Probe mit der Band. Das kann vielleicht etwas länger dauern.« Sie atmete ruhig, also legte ich ihr eine CD ein, gab ihr einen Kuss und machte mich auf den Weg.

Sie spielten Fußball im Flur und verursachten dabei einen Wirbel, als ginge es mindestens um die Weltmeisterschaft. Wenn das der Hausmeister sieht, kriegt der 'nen Tobsuchtsanfall. Ich war natürlich wieder zu früh. Irgendjemand sollte mal meine innere Uhr richtig stellen.

»Hey Skinny.« Holler hörte auf zu kicken und machte mich mit seinen Bandkollegen bekannt: Pit, der Schlagzeuger, Keyboarder Johannes, Bassist Patrik.

»Du bist also die berühmte Skinny«, sagte Pit.

»Äh, wieso berühmt?«

»Andreas hat uns von deiner tollen Stimme erzählt, ich bin schon ganz gespannt, dich singen zu hören.« Zum Glück kam Dominik um die Ecke, sodass ich mein Rotwerden irgendwie vertuschen konnte.

Nachdem alle eingetrudelt waren, gingen wir ins Musikzimmer, das Bandequipment war schon aufgebaut. Holler schnappte sich seine Gitarre, gab noch ein paar Anweisungen und wir legten los. Es war toll. Mit der Band hörten sich die Songs noch viel besser an. Obwohl wir sehr intensiv probten, war die Stimmung echt cool. Die Musiker waren das Gegenteil von mir, also total locker. Sie witzelten viel rum und flirteten mit uns Mädchen. Aber irgendwie alles nur so zum Spaß. Es war einfach super.

Auf dem Weg nach Hause freute ich mich zum ersten Mal wirklich auf unseren Auftritt. Und darauf, dass meine Eltern auch kommen würden.

Pascal

Wir schlossen unsere Räder an, mir war alles andere als wohl dabei.

»Mensch, Tom. Was soll ich denn tun, wenn sie wirklich da ist?«

»Cool sein.« Er grinste mich frech an.

»Ja, toll. Ich bin ja auch der König der Coolness.«

Mir wurde mulmig, wäre ich doch nur zu Hause geblieben. Auf dem Weg zur Aula begegnete ich ihr zum Glück nicht, wir nahmen unsere Plätze ein und ich sah mich vorsichtig um, aber auch im Publikum entdeckte ich sie nicht. War ich erleichtert? Oder doch eher enttäuscht? Keine Ahnung.

»Und, hast du deine Prinzessin schon erblickt?«

»Tom!«

»Ist sie da oder nicht?«

»Glaub nicht.«

»Mist.«

»Vielleicht besser so.«

»Ganz sicher nicht, Kumpel. Aber noch ist ja nicht aller Tage Abend.«

»Deine Sprüche werden immer dämlicher, Tom!«
Dann wurde es dunkel.

Skinny

Wir standen nebeneinander hinter dem geschlossenen Vorhang, mein Herz klopfte wie verrückt. Holler hatte es nicht nur geschafft, seine Band für das Chorprojekt zu begeistern, sondern auch einen Techniker überredet, uns zu unterstützen. Yannik, Max und ich trugen Headsets. Und es gab echtes Theaterlicht. Wir hatten uns alle ziemlich abgedrehte Klamotten angezogen und waren stark geschminkt. Ich trug einen knallroten, total kurzen Rock, schwarze Stiefel und ein enges, schwarzes Top.

Zwei Schüler zogen den Vorhang auf, noch war alles dunkel. Yannik nahm kurz meine Hand und drückte sie. Worauf hatte ich mich bloß eingelassen? Keinen Ton würde ich rausbringen. Vermutlich würde ich vor Aufregung ohnmächtig von der Bühne fallen. Aus dem Zuschauerraum hörte man leises Kichern. Dann setzte das Keyboard ein und die Scheinwerfer färbten die Bühne in ein diffuses Blau. Holler sah uns kurz an, das Zeichen für unseren Einsatz.

Five hundred twenty-five thousand six hundred minutes, five hundred twenty-five thousand moments so dear …

Unsere Stimmen klangen total zittrig. Aber mit jeder Sekunde wurde es besser, der Kloß in meinem Hals löste sich langsam. Als ich mit meinem Solo dran war, war er verschwunden, selbst den ganz hohen Part schaffte ich gut.

Am Ende des Songs blieb alles still, wir standen regungslos da. Dann setzte brandender Applaus ein, der überhaupt nicht mehr aufhören wollte. Manche riefen Bravo. Holler sah in das Publikum und legte seinen Zeigefinger auf die Lippen, erst da beruhigten sie sich.

Es folgten vier weitere Songs, die der ganze Chor sang. Mein Herz hüpfte einmal kurz, als ich mit Yannik nach vorne trat. Für unser Duett *Light My Candle* hatten wir mit Frau Ebert, unserer Sportlehrerin, eine kleine Choreografie einstudiert.

Ihr müsst flirten, was das Zeug hält, hatte Holler gesagt. *Und du, Skinny, darfst ruhig ein bisschen Sex in deine Stimme legen, du willst ihn ja schließlich verführen.* Zu meinem Ärger war ich knallrot geworden. Die Bühne war jetzt in ein schwüles Orange getaucht, zum Glück war es ziemlich dunkel. Wir bekamen den Song gut hin, und wieder gab es tosenden Applaus, der überhaupt nicht enden wollte.

Danach kam auch schon der Schlusssong, *Rent*. Die Band fetzte los, Max und Yannik sangen die Soloparts, wir setzten mit ein.

Im Zuschauerraum saß niemand mehr, alle standen und klatschten mit. Es war ein wahnsinniges Gefühl. Als der Song zu Ende war, standen wir Hand in Hand da und ließen uns feiern. Dann gingen alle drei Schritte nach hinten, während weitergeklatscht wurde. Yannik ging allein an den Bühnenrand, der Saal begann zu toben. Dann holte Max sich seinen Applaus ab. Mein Herz hämmerte, gleich war ich dran. Max kam zurück nach hinten, er grinste über das ganze Gesicht. Meine Knie zitterten wie verrückt, als ich nach vorne ging. Im Zuschauerraum wurde es noch lauter, viele pfiffen oder riefen Bravo. Mama hatte Tränen in den Augen.

Dann kam Dr. Gabbert auf die Bühne, in seinen babykackebeigen Cordhosen. Er trug einen riesigen Strauß Rosen. Jeder von uns bekam eine Rose, während er *ganz famos, wirklich ganz famos* vor sich hin murmelte. Der Saal tobte noch immer.

Ich sah zu meinen Eltern. Und ganz plötzlich war es da. Das Gefühl, von dem ich geglaubt hatte, dass es ganz allein für Vicky reserviert sei. Liebe. Ich fühlte eine ganz starke Liebe. Zu meinen Eltern, zu Max und Yannik, zu Holler und Dr. Gabbert mit seiner komischen Hose. Zu meinen Mitschülern, sogar zu Micaela – und das war nur wirklich nicht mehr normal.

Pascal

Es war ein richtiger Schock. Das Mädchen aus Andys Laden stand mitten auf der Bühne, zusammen mit einer Handvoll anderer Schüler. Sie sah wahnsinnig toll aus. Als die Gruppe zu singen begann, wurde es im Saal ganz still. Man hörte ihre Stimme vom ersten Moment an raus. Als sie ein Solo sang, bekam ich eine Gänsehaut, ihre Stimme war einfach sensationell. Neben mir wippte Tom mit den Beinen, er hatte sie nicht erkannt. Die Songs waren super, richtig rockige Nummern. Dann sang sie ein Duett mit einem Jungen, den sie um Feuer für eine Kerze bat oder so. Tanzen konnte sie auch ziemlich gut. In mir braute sich etwas zusammen. Es war eine Mischung aus Bewunderung, Verlangen und eine komplett lächerliche Eifersucht auf den Jungen, mit dem sie sang. Ich glaube, ich hab mit hochrotem Kopf dagesessen, aber zum Glück war es ja dunkel. Dann kam auch schon der Schlussapplaus, viel zu schnell. Als sie sich verbeugte, stieß ich Tom an.

»Was ist?«

»Das ist sie!«

»Alter, dein Ernst?«

»Mein voller Ernst.«

Er grinste mich breit an.

Skinny

Hinter der Bühne brach Jubel aus.

»Ihr wart echt super.« Holler strahlte uns an.

»Boa, das war total geil«, meinte Max.

»Kann man wohl sagen«, stimmte Yannik zu.

»Voll schön.« Micaela!

»Und, Skinny, bist du auch zufrieden?«, fragte Holler mich.

»Na klar!« Ich grinste.

»Prima, dann machen wir also weiter?« Er sah in die Runde, alle nickten.

Nachdem ich mich von den anderen verabschiedet hatte, ging ich in die Aula, wir mussten dringend nach Hause. Mir war gar nicht wohl bei dem Gedanken, dass Vicky mit Oma allein war. Meine Eltern waren nirgends zu sehen, vielleicht warteten sie draußen. Als ich zum Ausgang ging, tippte mir jemand auf die Schulter. Ich drehte mich um, vor mit stand der Typ aus dem Plattenladen. Super Timing! Mein Herz begann zu rasen.

»Hey.« Er sah mich an, ich schwieg erst mal.

»Das war ganz großes Kino.«

»Was?«

»Euer Auftritt.«

»Wenn du das sagst.«

»Du hast eine Wahnsinnsstimme.«

»Danke. Also, ich muss dann mal.« Ich blieb stehen.

»Verrätst du mir deinen Namen?«

»Warum sollte ich?«

»Dann müsste ich nicht immer an dich als *das Mädchen aus Andys Laden* denken.« Wie bitte?

Holler ging mit seiner Gitarre an uns vorbei.

»Bis morgen, Skinny«, sagte er und wuschelte mir durchs Haar.

»Skinny also.« Der Typ schaute mir in die Augen, in meinem Bauch erlebte ein kleiner Kobold seine Auferstehung. »Gibst du mir deine Nummer, Skinny?«

Ich grinste ihn an. »Nee, geb ich dir nicht.«

Der Kobold hob ganz entschieden die Hand. *Jetzt darfst du es nicht vermasseln!*, schien er mir sagen zu wollen.

»Dann wenigstens deine E-Mail-Adresse?«

Der Kobold schnippte energisch mit dem Finger. »skinny@gmx.de«, sagte ich schnell, dann drehte ich mich um und suchte meine Eltern. Mein Herz raste, als ob ich immer noch auf der Bühne stünde.

Sie parkten an der Straße. Papa hatte also schon das Auto geholt, ganz schlecht! Vor der Schule hingen ziemlich viele Leute rum, die meisten kannten mich. Ich versuchte, mich unsichtbar zu machen, was natürlich kläglich scheiterte.

»Hey Skinny, du hast super gesungen«, rief jemand.

»Willst du mich heiraten?«, jemand anderes. Olli natürlich! Dann war ich endlich am Wagen, stieg schnell ein und wir fuhren los. Aber alle hatten es gesehen. Dass mein Vater einen Porsche Cayenne fährt. Das bescheuertste Angeberauto, das sich je ein größenwahnsinniger Konstrukteur ausgedacht hat.

Wir waren nicht auf dem richtigen Weg.

»Wohin fährst du denn?«

»Das wirst du schon sehen.«

»Aber wir müssen nach Hause, Vicky ist alleine.«

Mama sah nach hinten. »Ich habe gerade mit Oma telefoniert, Vicky schläft. Wir können also noch ein bisschen feiern.«

»Was denn feiern?«

»Na, deinen Erfolg natürlich, du warst absolut großartig«, meinte Papa.

»Aber wir gehen doch sonst nie aus?«

»Dann ist das heute eben eine Premiere.«

Ich wusste nicht, was ich davon halten sollte, also sagte ich nichts mehr. Die ganze Fahrt über musste ich an den Jungen aus dem Plattenladen denken. Er kannte meinen Namen und er hatte meine E-Mail-Adresse. Und was wusste ich von ihm? Nichts! Na toll! Der Kobold in meinem Bauch hatte trotzdem ziemlich gute Laune.

Papa hielt vor einer Bar, die am See lag. Wir gingen zusammen rein, der Kellner führte uns zu einem Tisch auf der Terrasse, er war für uns reserviert. Es war schon ziemlich dunkel, mitten über dem See hing ein fetter Mond und die ersten Sterne begannen zu funkeln. Es war irgendwie – nun ja – romantisch.

Papa schaute kurz in die Karte und bestellte Getränke, deren Namen ich nicht kannte. Eigentlich hätte ich am liebsten eine Cola gehabt. Kurze Zeit später stellte der Kellner drei überdimensionale Gläser vor uns auf den Tisch. In jedem befanden sich eine rötliche Flüssigkeit, Eiswürfel, eine Orangenscheibe, die auf den Glasrand gesteckt war, und ein blauer Strohhalm, der einen merkwürdigen farblichen Kontrast bildete.

»Das sind Cocktails, allerdings ohne Alkohol«, sagte Papa. Er hob feierlich sein Glas und sah zu Mama. »Trinken wir auf unsere wunderbare Tochter.« Dann prosteten sich die zwei zu. Ich wusste nicht, was ich machen sollte. Mama schaute zu mir und hob noch mal ihr Glas. »Wir sind absolut beeindruckt von deinem Talent, Skinny. Wenn du nicht so klug wärst und dir beruflich ohnehin alle Türen offenstünden, dann würde ich dir jetzt empfehlen, Sängerin oder Schauspielerin zu werden.«

Was sind das denn für Töne? Ich war verwirrt, prostete aber zurück.

Pascal

Tom, der am Fahrradständer auf mich wartete, grinste vielsagend. Als ich bei ihm war, schlug er mir auf die Schulter, ich ging in die Knie. »Erzähl, Kumpel.«

»Ich hab ihre E-Mail-Adresse.«

»Yeah, du bist mein Held!«

»Ach, Tom.« Ich musste lachen.

Ich hatte ihre E-Mail-Adresse!

Drei Tage später setzte ich mich an meinen PC und schrieb eine Mail, die ungefähr zweihundertste. Vermutlich würde ich sie wieder nicht abschicken.

Hey Skinny,
du fragst dich sicher, woher ich die Frechheit nehme, dir zu schreiben, obwohl ich unsere Verabredung zum Konzert habe platzen lassen. Ich konnte nicht kommen, aber ich wollte dich nicht versetzen, ganz ehrlich. Besser kann ich es im Moment nicht erklären.
Am Samstag feiere ich meinen Geburtstag, ich werde sensationelle sechzehn Jahre alt. Es kommen ein paar Freunde und wir grillen und so. Ich würde mich wirklich freuen, wenn du auch kommen würdest. Beginn 17 Uhr!

Vielleicht bis Samstag?
Pascal

PS 1. Euer Auftritt war der Hammer, du hast eine tolle Stimme!
PS 2. Ach ja, ich heiße Pascal Brandt und wohne in der Königsallee 42.

Ich las noch mal, dann nahm ich all meinen Mut zusammen und drückte auf Senden.

Am Morgen meines Geburtstags weckte mich Jennys Gekicher. Kaum hatte ich die Augen geöffnet, fingen Jenny und Dad an zu singen.

Happy birthday to you, happy birthday to you …, es klang sehr schief. Jenny hatte einen kleinen Strauß Blumen in der Hand, er sah aus, als hätte sie ihn eigenhändig im Garten gepflückt.

»Deine Großeltern sind da, wir wollen alle zusammen frühstücken, Pascal«, sagte Dad nach dem Ständchen und war aus der Tür, ehe ich etwas erwidern konnte.

»Mach schnell, Passi, du kriegst Geschenke!« Meine Schwester vibrierte vor Aufregung. Sie legte mir die Blumen auf die Bettdecke und flitzte aus dem Zimmer. Also duschte ich kurz und zog mir eine Jeans und ein T-Shirt an. Im Esszimmer saßen Oma und Opa, Dads Eltern. Sie wirkten verlegen, wussten wohl nicht so recht, wie sie mit mir umgehen sollten.

»Hallo«, sagte ich, beide Hände in den Hosentaschen. Sie standen auf und kamen auf mich zu. Ich nahm die Hände aus den Taschen, meine Oma drückte mich ganz fest an sich.

»Ich wünsch dir alles, alles Gute für dein neues Lebensjahr, mein Junge.« Ich spürte einen Kloß im Hals und musste schlucken. Jetzt bloß nicht schwach werden! Opa knuffte mir in die Seite und sah mich an. Dann nahm er mich auch in den Arm, sagte nichts, hielt mich nur. Das war zu viel, ich begann zu heulen. Verdammt noch mal, ich bin sechzehn! Und heule hier rum wie mit zehn! Was für ein Scheiß ist das denn?

»Tja, ich würde sagen, du hast jetzt die Wahl«, meinte Opa, nachdem ich mich wieder eingekriegt hatte, »erst Frühstück oder erst Geschenke.«

Jenny hüpfte vor Aufregung auf und ab wie ein Flummi. So, als hätte sie Geburtstag.

»Was ist denn los, Jen, bekommst du die Geschenke?«, neckte ich sie.

»Nee, aber jetzt nicht erst frühstücken, bitte.« Sie konnte es nicht mehr erwarten, dass ich ins Wohnzimmer ging.

»Ach, ich glaube, ich frühstücke jetzt erst mal in Ruhe«, erwiderte ich und machte Anstalten, mich an den Tisch zu setzen.

»Passi!«, sie hielt es kaum noch aus, »geh jetzt endlich ins Wohnzimmer!« Ich sah zu meinem Dad, er lächelte mich an, ich lächelte zurück. Dann ging ich zur Wohnzimmertür, Jenny kicherte hinter meinem Rücken. Ich machte die Tür auf und mich traf fast der Schlag.

Sie hatten das komplette Zimmer in eine Wolke

knallroter Luftballons verwandelt, sie waren einfach überall. Ich sah Jenny an.

»Das hast du doch ausgeheckt, oder?« Sie grinste mich an, glücklich, wie lange nicht. Ich hob sie hoch und gab ihr einen dicken Kuss mitten auf den Mund.

»Iiiihhhh, lass das, das ist ekelig«, sagte sie, ihr Lachen klang so fröhlich. »Jetzt musst du deine Geschenke suchen, Passi!«

Ich watete also durch das Meer von Luftballons, dahin, wo ich unsere Sitzecke vermutete, und stieß auf etwas Großes, Glänzendes. Es war ebenfalls rot, deshalb hatte ich es nicht sofort gesehen. Ich schob ein paar Luftballons beiseite.

Es war eine Vespa. Ich konnte es nicht glauben, eine echte Vespa.

»Aber, ich versteh nicht …?« Mehr brachte ich nicht heraus. Ich hatte mit Büchern gerechnet, vielleicht ein paar CDs oder T-Shirts oder so.

»Und wir spendieren dir den Führerschein dazu«, sagte Oma. Ich sah zu meinem Dad, dann zu den Großeltern.

»Das ist echt toll!«

Ich konnte mir den Roller gar nicht richtig ansehen, denn Jenny wollte unbedingt, dass ich ihr Geschenk fand. Ich wühlte mich also weiter durch die Luftballonwolke. Auf dem Wohnzimmertisch lagen, unter den vielen Luftballons, die restlichen Geschenke. Jennys erkannte ich sofort, sie hatte es selber eingepackt.

»Komm zu mir, Jen.« Wir fegten die Luftballons vom Sofa und setzten uns zusammen drauf. Dann machte ich ihr Geschenk auf und musste fast wieder heulen. Pascal Brandt, jetzt reiß dich aber mal zusammen!

»Wie findest du es, Passi?« Sie hibbelte neben mir rum. Ich nahm ihre Hand.

»Das ist ein ganz besonderes Geschenk, Jen. Ich finde es großartig.«

Sie strahlte. »Erinnerst du dich noch?«

Klar erinnerte ich mich. Unser letzter gemeinsamer Urlaub. Die glückliche Familie am Meer, gebannt auf ein Foto. Den Rahmen hatte Jenny mit Perlen, Muscheln und kleinen Glitzersteinchen beklebt. Er war ... ziemlich rosa.

»Das Bild stelle ich auf den Flügel, dann habe ich euch immer bei mir.« Meine Stimme zitterte, sie hätten mir mal lieber einen Volkshochschulkurs ›Hart im Nehmen‹ schenken sollen.

Ich habe dann noch die restlichen Geschenke ausgepackt und danach haben wir gefrühstückt, es schmeckte richtig gut.

Oma und Opa haben Jenny anschließend in die Schule gebracht und wir waren allein, Dad und ich. In meiner Klasse war es üblich, dass Geburtstagskinder einen freien Tag bekamen, deshalb musste ich nicht los. Ich half Dad, den Tisch abzudecken. Ich wusste, dass ich noch irgendwas hätte sagen sollen, mich noch mal bedanken oder so, aber er kam mir zuvor.

»Setzt dich mal hin, Pascal.« Er ging kurz aus der Küche. Eine Minute später war er wieder da, einen Briefumschlag in der Hand.

»Passi, ich gebe dir jetzt etwas von deiner Mutter. Sie

hat es für dich geschrieben. Für den Fall, dass ihr irgendwann einmal etwas passieren sollte.«

Mein Gesicht muss ein einziges Fragezeichen gewesen sein.

»Natürlich hat sie nicht damit gerechnet, dass ihr etwas passiert«, sagte er deshalb schnell, »aber du weißt, wie sie war. Sie wollte, dass immer alles geregelt ist und seine Ordnung hat.« Ja, so war sie.

Dad reichte mir den Umschlag, er war verschlossen. Ich sah ihn noch einmal fragend an.

»Ich weiß nicht, was da drinsteht. Ich weiß nur, dass sie gewollt hat, dass du ihn an deinem sechzehnten Geburtstag bekommst. Für den Fall, dass sie ...«, er sprach nicht weiter. Musste er auch nicht. Mein Freund, der Kloß im Hals, war zurück. Welcome back!

Ich saß da und sah den Umschlag an, sie hatte nur meinen Namen draufgeschrieben – Pascal –, mehr nicht. Die Schrift kam mir seltsam vertraut, aber auch wieder fremd vor. Dad legte mir kurz seine Hand auf die Schulter, dann ging er aus der Küche und ließ mich allein, mich und den Brief. Ich konnte ihn nicht öffnen. Die unterschiedlichsten Gefühle versuchten, in mir die Oberhand zu gewinnen, die Lähmung erhielt den Zuschlag. Ich blieb einfach sitzen und der Brief ungeöffnet. Irgendwann guckte Dad noch mal ins Zimmer, stutzte, als er mich sah, sagte aber nur Tschüss und ließ mich endgültig allein. Ich hörte ihn die Haustür schließen, dann endlich machte ich den Brief auf und begann zu lesen.

Später holte ich das Bild und stellte es auf den Flügel. Mam, Dad, Jenny und ich am Meer. Wir sind so glücklich gewesen im letzten Sommer. Unserem allerletzten Sommer. Warum weiß man so was immer erst hinterher? Ich holte die Noten aus meinem Zimmer und stellte sie auf das Notenbrett. Die *Rhapsodie* von Brahms, Op. 79, Nr. 2. Mams Lieblingsstück. Dann setzte ich mich und schloss die Augen. Langsam und konzentriert begann ich zu spielen.

Ab siebzehn Uhr trudelten meine Freunde ein. Tom war der Erste.

»Du bist richtig, hier startet gleich die tolle ›Pascal-Brandt-ist-sechzehn-Geburtstagsparty‹«, sagte ich und machte eine einladende Geste. »Ich feiere im Moment zwar noch alleine, aber das kann ja nur besser werden.«

Tom haute mir auf die Schulter und überreichte sein Geschenk, eine Graphic Novel.

»Ey, danke Tom.«

Er ging ins Wohnzimmer. »Was ist denn hier los?«

»Jenny war der Meinung, rote Luftballons in Herzchenform seien genau das Richtige für einen Sechzehnjährigen«, antwortete ich.

Dann sah er die Vespa. »Alter, ich glaub es ja nicht! Jetzt sag mir bloß noch, dass du die zum Geburtstag gekriegt hast?« Es war keine Frage. Er sagte es ohne jeden Neid, freute sich einfach für mich. Und erhoffte sich vermutlich die eine oder andere gemeinsame Tour.

»Den Führerschein muss ich natürlich erst noch

machen, den zahlen Oma und Opa.« Tom kam auf mich zu und wollte mir noch mal auf die Schulter hauen, ich wich ihm aus.

»Willste 'n Bier?«

»Noch ziemlich früh für Bier, oder?«

»Warst du es nicht, der meinte, ich solle es an meinem Geburtstag so richtig krachen lassen?« Er grinste, ich gab ihm ein Bier und machte mir auch eins auf. Dann klingelte es auch schon wieder.

Im Laufe der nächsten Stunde liefen sie alle ein, meine Freunde. Die Stimmung wurde ziemlich schnell locker, was wohl auch am Bier lag, das meine Freunde in sich reinschütteten, als wäre es das erste und einzige Mal auf Erden, dass sie ein so göttliches Getränk in den Händen halten durften. Um sieben kamen Jenny und Dad, damit war die Geburtstagsgesellschaft komplett.

Sie war nicht gekommen. Skinny, das Mädchen aus Andys Laden.

Wir schmissen den Grill an und es wurde immer lustiger. Mir fiel zum ersten Mal auf, dass der Sommer da war. Eigentlich keine wirkliche Überraschung, schließlich hatte ich im Juli Geburtstag. Irgendwann holten wir die Vespa raus und ich drehte unter den neidischen Augen meiner Freunde eine Runde durch den Garten. Als ich auf dem Roller dahinbrauste, fühlte ich mich richtig gut. So, als wäre ein kleines bisschen Glück aus dem Asyl zurückgekehrt. Hallo Glück! Ich wusste nicht, ob es am Bier lag, an der Vespa, an meinen Freunden oder an Mams Brief.

Es klingelte wieder, eigentlich erwarteten wir niemanden mehr. Vielleicht schauten Oma und Opa noch mal kurz vorbei. Oder … ich lief durchs Haus zur Tür und machte auf, es waren nicht die Großeltern.

»Hey.«

»Hey.«

Mir wurden die Knie weich. »Komm rein.«

»Also dann, herzlichen Glückwunsch.« Sie reichte mir ein Geschenk, es war in Zeitungspapier eingewickelt. »Ich hatte kein anderes Papier.«

»Kein Problem.« Ich machte es auf, es war eine Schallplatte. Ich wusste nicht mal, ob es in unserem Haus noch irgendwo einen Plattenspieler gab.

»*MTV Unplugged in New York*. Wurde erst nach Kurts Tod veröffentlicht«, sagte sie leicht verlegen. Wer zum Henker ist Kurt?

»Danke, das ist … cool.« Wir standen im Flur und schwiegen uns an. Mein Herz klopfte, als ob in meiner Brust jemand auf eine Trommel schlug.

»Komm doch mit in den Garten, wir grillen gerade.«

»Nee, ich hab überhaupt keine Zeit. Ich wollte nur schnell das Geschenk abgeben, schließlich wird man nur einmal sechzehn.«

»Nun komm schon«, sagte ich und wusste selber nicht genau, wo der plötzliche Übermut in mir herkam. Jedenfalls nahm ich ihre Hand und zog sie hinter mir her in den Garten. Die anderen guckten ziemlich blöd, wie wir so Hand in Hand daherkamen. Sobald mir die Situation bewusst wurde, ließ ich sie los, stellte sie kurz vor und gab ihr was zu trinken. Meine Freunde machten ganz schöne Augen, so ein Mädchen gab es in unserer Klasse nicht, so viel stand mal fest.

Jenny sagte Hallo und winkte. Skinny winkte zurück und setzte sich zu ihr auf die Bank. Die beiden begannen sofort zu quatschen.

Kurze Zeit später nahm Tom mich zur Seite. »Jetzt ist dein großer Augenblick gekommen, Loverboy!«

»Ach, Tom!«

Ich ging zum Grill und kümmerte mich um die Würstchen. Dennis holte seine Gitarre raus, das hatte ich schon die ganze Zeit befürchtet, er spielte unterirdisch schlecht. Die Mädchen begannen zu singen, was es nicht besser machte. Es klang fürchterlich, aber das war mir völlig egal.

Sie war da! Alles andere wurde seltsam nebensächlich. Sie war wirklich gekommen!

»Ich geh dann mal wieder, danke für die Cola.« Wie aus dem Nichts stand sie neben mir, während ich die Würstchen wendete. Ich wollte nicht, dass sie wieder ging. Nicht jetzt schon.

»Aber du bist doch gerade erst gekommen.«

»Ich weiß, aber ich muss los. Leider.«

»Obwohl der Gott der Gitarre uns gerade ein Ständchen spielt?«, witzelte ich. Ich hatte definitiv zu viel Bier getrunken. Sie sah mich an, ich konnte ihren Gesichtsausdruck nicht deuten.

»Wir haben noch kein Wort miteinander geredet.«

1-a-Argument, Pascal Brandt, das wird sie ganz sicher überzeugen.

»Das ist doch normal, schließlich ist der Garten

voller Freunde von dir.« Sie hatte Sommersprossen auf der Nase.

»Ich überlege schon die ganze Zeit, ob ich mal neue beantragen sollte. Welche, die weder singen, noch Gitarre spielen.«

Sie lachte. »Deine kleine Schwester ist süß.«

»Das ist sie.« Ich lächelte, sie wurde rot, aber vielleicht bildete ich mir das auch nur ein.

»Also dann.« Sie lächelte auch. Mir fiel nichts mehr ein, womit ich sie hätte aufhalten können.

»Also dann. Schade, dass du schon gehen musst. Vielleicht bis bald?«

»Vielleicht.« Sie wandte sich ab.

»Morgen?« Die Sommersprossen drehten sich wieder um.

»Morgen kann ich nicht.« Damit war sie weg.

Ich setzte mich zu Jenny auf die Gartenbank.

»Na.«

»Na.«

»Wie geht's denn so?«

»Gut.«

»Hast du dich nett unterhalten?«

»Ja.«

»Worüber habt ihr denn so geredet?«

»Frauensachen.«

»Frauensachen? Du bist sechs!«

»Fast sieben.«

»Na, komm schon, erzähl es deinem großen Bruder.«

»Das geht dich ja wohl gar nichts an, oder?«

»Jenny! Nun sag schon!«

»Nichts, was du verstehen würdest, Passi.« Ich sah meine Schwester an, sie hielt meinem Blick stand. Sie war erwachsener, als ich dachte, fast sieben.

Nachts lag ich noch lange wach und dachte an den Tag. Meinen sechzehnten Geburtstag. Es hat so gutgetan, alle meine Freunde um mich zu haben – und Skinny, das Mädchen aus Andys Laden. Morgen werde ich ihr schreiben und dann sehen wir weiter. Ich hatte schon fast vergessen, wie es sich anfühlt, zu lachen und unbekümmert zu sein. Mam hätte das so gewollt. Meine kluge, schöne Mam. Mit dem wichtigsten Satz ihres Briefes im Kopf schlief ich ein: *Jede unglücklich gelebte Minute ist eine schreckliche Verschwendung von Lebenszeit!*

Skinny

Einen Tag nach seinem Geburtstag hat er mir eine E-Mail geschrieben. Ich schrieb sofort eine Antwort, schickte sie aber nicht gleich ab. Schließlich soll er nicht denken, dass ich dringend auf eine Nachricht von ihm gewartet habe. Seine Geburtstagsparty war aufregend, auch wenn ich nur so kurz bleiben konnte. Er hat ganz schön viele Freunde. Ich habe ihn heimlich beobachtet, während ich mit seiner kleinen Schwester geredet habe. Er sieht so süß aus, total cool, aber trotzdem lieb. Er ist bestimmt meganett. Ich möchte ihn unbedingt bald wiedersehen.

Ich ging zu Vicky ins Zimmer, sie schaute eine DVD. Schneewittchen. »Ich mach mal aus, Vicky, okay?«

»Zwerge.«

»Ja, die kannst du ja später weitergucken, okay?«

»Vicky hier.«

»Ich bin doch da.«

Als ich ihre Hand nahm, musste ich an unseren Geburtstag denken, den ersten nach dem Unfall. Mama und Papa saßen auf meiner Bettkante und sangen für uns das Geburtstagslied. Eine kleine Glückswelle durchschwappte meinen ganzen Körper, während ich langsam wach wurde. Bis ich merkte, dass etwas nicht stimmte.

»Wo ist Vicky?«

»Wir lassen sie noch etwas liegen«, sagte Papa. Ich setzte mich auf, augenblicklich hellwach.

»Aber Vicky hat doch auch Geburtstag! VICKY!«, rief ich nach ihr.

»Leise, Baby, Vicky schläft noch.«

»Nein, Vicky und ich haben zusammen Geburtstag, Vicky soll auch hier sein.« Ich klang wohl so verzweifelt, dass Papa aufstand, um Vicky zu holen. Mama begann wieder zu singen: »*Wie schön, dass du …*«

»Warte bis Vicky da ist.«

»Ach Bev, Vicky kann das doch nicht verstehen.«

»Doch, Vicky versteht alles. Vicky ist sehr klug, sie ist meine große Schwester!«

»Schon gut, Papa holt Vicky ja.«

Sie legten Vicky zu mir ins Bett, ich nahm ihre Hand. Dann sangen Mama und Papa für uns das Geburtstagslied. Vicky lachte und ich war so glücklich, wir waren wieder eine richtige Familie.

»Möchtest du jetzt deine Geschenke aufmachen, Bev?«, fragte Papa.

»Au ja!«

»Erst ins Badezimmer und Zähne putzen«, sagte meine Mama lachend. Es fühlte sich so normal an, wie früher. Ich war so aufgeregt, dass ich mir Zahnpasta in den Schlafanzug schmierte, egal. Schnell zog ich mich an und lief die Treppe runter, rein in die Küche. Vicky saß schon in ihrem Stuhl, Mama gab ihr Brei. Papa lächelte mich an, auf dem Tisch stand eine brennende Kerze und daneben lagen Geschenke. Es waren fünf

Päckchen, alle im gleichen Papier eingepackt. Unsicher setzte ich mich an den Tisch und schaute mich um.

»Na, was ist, Spatz, willst du deine Geschenke nicht auspacken?« Papa setzte sich neben mich und goss mir einen Becher Kakao ein.

»Sind die alle für mich?«

»Ja klar sind die für dich, pack aus!«

»Und wo sind Vickys Geschenke?«

»Bev, du bist doch jetzt schon ein großes Mädchen. Du weißt doch, dass Vicky es nicht merkt, ob wir ihr was schenken oder nicht.«

»Merkt sie wohl!« Ich war entrüstet.

»Bev, Vicky ist behindert, sie kann gar nicht verstehen, was ein Geburtstag überhaupt ist.«

»Vicky ist überhaupt nicht behindert, ihr seid behindert!« Papa zog scharf die Luft ein, sagte aber nichts.

Alles war so schrecklich, sie hatten Vicky einfach vergessen. Ich konnte gar nicht mehr richtig atmen, so sehr tat es mir in der Brust weh. Ich ging zu Vicky und nahm ihre Hand.

Sie spürte meinen Kummer, als ich anfing zu weinen, fing sie an zu jammern. Ich konnte überhaupt nicht wieder aufhören, habe geweint und geweint und Vicky hat gejammert und gejammert. Sie hörte sich furchtbar unglücklich an, mir zerriss es das Herz, aber ich konnte in dem Moment nicht stark sein, nicht mal für Vicky. Mama wollte uns in den Arm nehmen, aber ich habe sie weggestoßen.

»Weißt du, Vicky, ich hab den Jungen aus dem Plattenladen wiedergesehen, du erinnerst dich doch an ihn, oder? Er hat mir eine E-Mail geschrieben. Ich werde mich mit ihm treffen.« Anton gab ein wohliges Knurren von sich. Er schlief, vermutlich träumte er von einer Hundedame.

»Meine Bev!«, rief Vicky laut, Anton hob seinen Kopf. »Bev immer hier!«

Ich nahm sie in den Arm. »Du bist meine große Schwester und wirst immer die wichtigste Person für mich sein, Vicky«, flüsterte ich ihr ins Ohr.

Wenn ich doch nur besser mit ihr reden könnte. Ich suchte nach Felix, der achtlos in einer Ecke lag, und legte ihr das fusselige Ding in den Arm. Sie lächelte und atmete ruhig, das deutete ich als Zustimmung.

»Also gut, dann antworte ich ihm jetzt, okay?«

»Wem antwortest du?« Mama! Wieso schaffte sie es eigentlich immer wieder, ins Zimmer zu kommen, ohne dass wir das merkten.

»Niemandem.«

»Aber du hast doch gerade gesagt, du willst jemandem antworten.«

»Da musst du was falsch verstanden haben.«

»Aha.«

»Was heißt hier aha?«

»Nichts«, sie sah mich an. Ich sah aus dem Fenster. Über dem Gartenteich schwebten ein paar Libellen, sie sahen aus wie bekiffte Elfen. Ich ging in mein Zimmer, las noch einmal meine Antwort an ihn, dann schickte ich sie ab.

Pascal

»Steht mir das grüne T-Shirt besser oder das gelbe?«

»Sind beide gut.«

»Ja, aber welches steht mir besser?«

»Beide gleich.«

»Jenny, du bist überhaupt keine Hilfe!«

Seit einer Stunde probierte ich nun schon Klamotten an wie ein Mädchen. Vermutlich würde sie sich einfach irgendwas überschmeißen und keinen Gedanken daran verschwenden, wie sie aussah. Und ich würde ganz sicher keinen vernünftigen Satz rausbringen.

»Jenny, nun sag doch mal, Grün oder Gelb?«

»Gelb.«

»Wirklich, passt Grün nicht besser zu der Jeans?«

»Dann eben Grün.«

»Jen!«

»Wo willst du denn überhaupt hin, Passi?«

»Ich treff mich mit jemandem.«

»Mit wem?«

»Niemand Wichtigem.«

»Dann ist es ja egal, ob Grün oder Gelb.« Jenny verblüffte mich mal wieder, dieses kluge Mädchen.

»Deine Haare sehen komisch aus.«

Ich sah in den Spiegel. »Wieso sehen die komisch aus? Die sehen aus wie immer!«

»Liegen irgendwie nicht.«

Ich raste ins Bad und kämmte mir die Haare, zum tausendsten Mal an diesem Nachmittag.

»Besser?«

»Was?«

»Jenny! Liegen meine Haare jetzt besser?«

»Wie immer.«

»Aber eben hast du doch gesagt, sie liegen nicht.«

»Das war doch nur ein Scherz, Passi«, sie kicherte, »du triffst dich bestimmt mit einem Mädchen.«

»Red keinen Quatsch, Jen.«

»Mit dieser Skinny!« Ich sagte nichts. Jenny schwieg und tat so, als lese sie in einem ihrer Ponyhefte. Ich sah sie an, sie ignorierte mich.

»Also gut. Du hast recht, ich treffe mich mit Skinny.«

Sie sah auf. »Dachte ich mir schon.«

»Wieso dachtest du dir das schon, wenn ich fragen darf?«

»Du bist verknallt in sie.«

»Quatsch.«

Sie sah mich an, zum ersten Mal fiel mir die verblüffende Ähnlichkeit mit Mam auf. Für einen Moment war ich regelrecht schockiert, Mams Gesicht in ihrem wiederzuerkennen.

»Wann trefft ihr euch denn?«

Ich sah auf die Uhr, Scheiße, schon halb vier. Irgendwas stimmte mit meinem Magen nicht.

»Ich sag ab!«

»Spinnst du?«

»Ich kann doch sagen, dass ich krank bin.«

Meine Schwester strafte mich mit Schweigen und sah wieder in ihr Ponyheft. Ich schaute noch einmal in den Spiegel, raste in mein Zimmer, tauschte das grüne Shirt gegen das gelbe, zog meine Jacke über und war bei der Tür.

Ich kam fünf Minuten zu spät. Sie stand an den Brunnen gelehnt und wirkte unglaublich cool. Nach einem kurzen »Hey« schloss ich mein Fahrrad an, der Rollerführerschein war noch nicht bestanden. Ich ließ mir Zeit und überlegte, was ich als Erstes sagen würde. Mir fiel nichts ein. Also ging ich zu ihr, in meinem Kopf nichts als Leere. Das würde ein toller Nachmittag werden!

Sie sah mich herausfordernd an. »Du bist zu spät.«

»Ich weiß, tut mir leid.«

»Und was machen wir jetzt?« Sie lächelte.

»Was möchtest du denn machen?« Super Frage, Pascal Brandt, sie wird begeistert sein von deiner Eloquenz.

»Wir können ja ein Eis essen gehen?«

»Okay, gehen wir ein Eis essen. Am Karlsplatz gibt es ein gutes Eiscafé.« Wir gingen ein Stück schweigend nebeneinander her.

»Du bist ja nicht gerade gesprächig.«

»Tut mir leid«, ich sah zu Boden, »ich bin im Moment etwas neben der Spur.«

Sie lachte, ich sah ihre Sommersprossen an, die aussahen, als würden sie mitlachen.

»Warum denn?«

»Was?«

»Na, warum bist du neben der Spur?«

»Nur so.« Wir schwiegen wieder und gingen ein Stück.

»Wenn du nicht reden willst, dann ist es vielleicht besser, wir lassen das mit dem Eis?«, fragte sie unsicher.

Ich sah ihr in die Augen. »Nein, bitte … ich …« Ich ließ den Satz unvollendet. »Ich weiß einfach nicht, was ich sagen soll. Das ist zwar dämlich, aber die reine Wahrheit.«

Sie lachte. »Wie wäre es mit einer Erklärung.«

»Erklärung?«

»Ist zwar schon eine Weile her, aber war da nicht was?« Sie sah mir lächelnd in die Augen.

»Ich versteh nicht?«

Ihr Lächeln erlosch. »Wir hatten ein Date, schon vergessen? Und wenn ich nicht an einer schrecklichen Amnesie leide, dann war nur einer von uns beiden da. Oder ist das üblich, dass du Mädchen versetzt? Falls das so eine Art Masche sein soll, ganz schlecht!«

Ich musste was sagen oder sie würde sich augenblicklich umdrehen und abhauen. Das wär's dann. Na toll! Aber was sollte ich ihr sagen? Die Wahrheit ja wohl kaum. Ich räusperte mich.

»Es ist so, an dem Abend ist mir was Wichtiges dazwischengekommen.«

Sie schwieg.

»Und ich hatte keine Nummer von dir, ich wusste ja bis vor Kurzem noch nicht mal deinen Namen.« Schweigen. »Es tut mir leid, ehrlich!«

Sie blieb stehen und sah mich an. »Was genau ist dir denn dazwischengekommen?«

Scheiße! Scheiße! Scheiße! Ich sah zur Seite, ich wusste einfach nicht, was ich sagen sollte.

Sie holte tief Luft. »Hör zu, ich habe nicht vor, mich von einem Typen verarschen zu lassen. Also, entweder du hast einen guten Grund vorzuweisen, oder ich hau auf der Stelle ab.«

»Meine Mutter ist gestorben.« Es war mir einfach so rausgerutscht.

Sie sah mich völlig schockiert an. »Was?«

Ich musste schlucken. Fang jetzt bloß nicht an zu heulen, Pascal Brandt! Zu meiner Verblüffung nahm sie meine Hand und zog mich weiter. Hand in Hand liefen wir schweigend nebeneinander her, ich kämpfte mit den Tränen. Ihre Hand fühlte sich gut an in meiner. Erst im Eiscafé ließ sie mich wieder los, wir setzten uns einander gegenüber. Sie studierte die Eiskarte und ich ihre Sommersprossen. Mein Herz hämmerte und ich hatte noch immer keinen Plan, worüber ich mit ihr reden sollte. Über meine Mam jedenfalls nicht!

Wir entschieden uns beide für ein Bananensplit und warteten schweigend. Skinny wusste offensichtlich auch nicht, was sie sagen sollte. Das konnte ich ihr nun wirklich nicht übel nehmen.

Eine dickliche Bedienung in viel zu engen Leggings stellte das Eis vor uns ab. Ich mag überhaupt keine Bananen.

»Ich hasse Bananen.« Skinny fing an zu lachen, nahm

mein Eis, befreite es von der Banane und schob es zurück auf meine Seite.

»Besser?«

»Viel besser, danke.«

»Gerne geschehen, so habe ich zwei Bananen.«

»Euer Auftritt war wirklich super.« Ich sah ihr in die Augen, sie blickte zur Seite.

»Danke.« Wurde sie rot?

»Du hast eine Jenseitsstimme. Willst du mal Sängerin werden?«

Sie lachte. »Nee, ganz sicher nicht.« Wir schwiegen wieder. Dann räusperte ich mich.

»Danke, dass du dich mit mir getroffen hast, obwohl ich …«

»Obwohl du etwas neben der Spur bist?«

»Genau.«

»Sind wir das nicht alle?« Nun sah sie mir direkt in die Augen. Alter, jetzt brauchte ich einen originellen Satz. Einen, mit dem ich ihr sagen konnte, wie toll ich sie fand. Mir fiel nichts ein. Verdammt!

Sie schaute auf ihre Uhr. »Ich muss bald los.«

»Schon?«

»Hab noch einiges für die Schule zu tun.«

»Aha.« Ich nahm all meinen Mut zusammen und griff nach ihrer Hand, sie hatte sehr schöne Hände. »Können wir uns wiedersehen, Skinny?«

Sie sah mir in die Augen und grinste. »Können wir!«

Skinny

»Er ist sooo süß! Wir waren Eis essen, weißt du, und haben gequatscht. Seine Mutter ist vor Kurzem gestorben, deshalb ist er ziemlich durcheinander. Manchmal sind seine Augen ganz dunkel vor lauter Trauer, aber nur manchmal. Er hat Grübchen, wenn er lacht. Ich weiß gar nicht, was in mich gefahren ist. Als er da stand, so traurig, da hab ich seine Hand genommen und dann konnte ich die ja nicht einfach wieder loslassen, das wäre ja irgendwie komisch gewesen.«

Vicky begann zu nörgeln.

»Hey, das hat absolut nichts zu bedeuten, wir waren nur Eis essen.« Ich streichelte ihr über die Wange. »Ich könnte ihm eine Mail schreiben und mich für das Eis bedanken, was meinst du?«

Anton sprang auf ihren Schoß, sie juchzte. Ich strich ihr noch einmal über die Wange, ließ ihre Tür offen, ging in mein Zimmer und setzte mich an den Rechner. Aber ich fuhr ihn nicht hoch, denn sie begann wieder zu wimmern.

»Was ist denn, Vicky?«

»Anton!« Der hatte sich wieder in sein Körbchen verkrümelt. Ich setzte ihn zurück auf ihren Schoß, aber es beruhigte sie nicht.

»Bevi hier!« Sie weinte, ich nahm sie in den Arm.

»Natürlich Vicky, ich bin immer für dich da. Genau wie Anton, versprochen.« Ich blieb bei ihr sitzen und hielt sie ganz fest.

Am nächsten Tag hatte ich Chorprobe, also packte ich meine Sachen, sagte Vicky und Mama Tschüss und ging zum Rad. Auf dem Weg zur Schule dachte ich über Mama nach. Sie war irgendwie anders, kümmerte sich mehr um Vicky, ging mit ihr raus und so. Und sie schaute nicht mehr so viel fern. Unsere gesamte Kindheit haben wir vor der Glotze verbracht, Vicky, Mama und ich. Wenn ich von der Schule nach Hause kam, lief der Kasten immer schon. *Rote Rosen* war Mamas Lieblingssendung. Ein unfassbarer Kitsch, der um die Mittagszeit gezeigt wurde. Während andere Kinder nach der Schule ein ordentliches Essen bekamen, saßen wir vor dem Fernseher, stopften belegte Brote in uns rein und verfolgten diesen Schwachsinn. Dass hin und wieder die Hauptdarstellerin ausgetauscht wurde, hat Mama nicht weiter gestört. Anschließend dann *Sturm der Liebe, Folge deinem Herzen, Verbotene Liebe* und wie der ganze Dreck so hieß. Irgendwann bin ich in Streik getreten, habe mir nach dem Essen Vicky geschnappt und bin mit ihr raus.

»Hey.« Wie aus dem Nichts war er neben mir, mein Herz begann zu hämmern.

»Hey«, antwortete ich und hoffte, möglichst cool rüberzukommen. Er saß auf der Vespa.

»Du hast deinen Führerschein bestanden?«

»Vor exakt zwei Stunden. Hast du Lust, eine Runde zu drehen?«

Und ob ich Lust hatte! »Ich hab jetzt gleich Chorprobe.«

»Vielleicht danach, ich könnte dich an der Schule abholen?«

»Okay.«

»Wann?«

»Wir sind um sechs fertig, dann habe ich aber nicht mehr viel Zeit.«

»Für eine Runde reicht es aber, oder?«

»Für eine Runde reicht es!«

»Dann um sechs, ich warte vor der Schule auf dich.«

»Warte lieber beim Brunnen.« Ich wollte nicht, dass die anderen uns zusammen sahen, warum, wusste ich selber nicht so genau.

»Also um sechs am Brunnen, ich bin da.« Er sah mich an und zwinkerte. »Bis dann also.«

»Bis dann also.« Mit weichen Knien ging ich Richtung Musikzimmer.

Die Chorprobe wollte und wollte nicht vergehen und meine Mitschüler gingen mir furchtbar auf die Nerven, vor allem Olli. Als die Stunde endlich rum war, ging ich auf die Toilette und sah in den Spiegel. Ich wuschelte mir einmal durchs Haar, dann fuhr ich mit dem Rad zum Brunnen. Er saß auf der Vespa, einen Helm auf dem Kopf, einen zweiten in der Hand.

»Hier, habe ich von einem Freund geliehen, ohne ist verboten.« Er hielt mir den Helm hin.

»Und du tust natürlich nie etwas Verbotenes?« Ich grinste ihn an.

»Nie«, er zwinkerte mir zu. Der Kobold machte einen Salto rückwärts und meine Beine wurden zu Wackelpudding, ich schob es auf die bevorstehende Rollerfahrt. Ich hatte noch nie auf einer Vespa gesessen.

»Und du bist sicher, dass du den Führerschein auch wirklich bestanden hast?«

»Keine Panik. Setz dich einfach hinter mich und halt dich gut fest.« Sehr lustig, woran sollte ich mich denn bitte festhalten? Ich stieg auf und legte meine Arme vorsichtig um seine Taille. Ich musste an Vicky denken, an den Geruch von Kindershampoo in ihrem Haar, damals auf dem Schlitten.

Er fuhr bis zum See, hielt am Ufer und ließ mich absteigen. Dann schloss er die Vespa ab und wir gingen ein Stück, die Helme in der Hand.

»Muss toll sein, eine Vespa zu haben, oder?«

»Ja, ist toll. Ich hab mit allem Möglichen gerechnet, aber sicher nicht damit, eine Vespa zum Geburtstag zu bekommen.«

»Bist du auch schon mit deiner kleinen Schwester gefahren?«

»Nein, das erlaubt mein Dad nicht. Er hat Angst … wegen des Unfalls.« Ich verstand nicht gleich, was er meinte.

»Wegen des Unfalls deiner Mutter?«

»Ja, Jenny war auch im Wagen, ihr ist aber nicht so viel passiert.«

»Ach du Scheiße, das wusste ich nicht.«

»Konntest du ja auch nicht wissen.« Wir gingen weiter.

»Du magst sie sehr, oder?«

»Jenny? Sie ist super, Jenny ist mein Indigo-Girl.«

»Indigo-Girl?«

»Ich habe mal was darüber gelesen, weißt du. Es gibt Kinder, die sind angeblich klüger als Erwachsene, jemand hat sie Indigo-Kinder genannt. Manchmal denke ich, Jenny ist so ein Indigo-Kind.«

Ich hatte keine Ahnung, worüber er sprach, für mich klang das komplett durchgeknallt, aber mir gefiel, wie sehr er seine Schwester mochte. Wir setzten uns auf eine Parkbank und er erzählte mir von seiner Mutter. Wir haben viel gelacht, obwohl mir das irgendwie komisch vorkam. Unpassend.

»Was ist mit dir?«, fragte er mich auf dem Weg zurück zur Vespa.

»Was soll mit mir sein?«

»Hast du Geschwister?« Ich schwieg.

»Komm, sag schon.«

»Eine Schwester.«

»Älter oder jünger?«

»Älter, dreizehn Minuten.«

»Wow, du hast eine Zwillingsschwester? Das ist ja irre.«

»Was soll daran irre sein?«

»Na, zwei von deiner Sorte, das ist komplett irre.«

Ich blieb stehen und sah ihn an. »Was meinst du denn mit *deiner Sorte*?« Er nahm meine Hand, drehte sie um und küsste meine Handinnenfläche. Der Kobold warf Konfetti.

»Damit meine ich, dass du das aufregendste Mädchen bist, das mir jemals begegnet ist.« Er sah mir lange in die Augen, dann küsste er mich. Tausend kleine Feuerwerke rieselten meinen Bauch hinunter.

Pascal

Wow, war das ein Abend. Ich dachte, wir fahren ein bisschen rum und so und dann habe ich ihr mein komplettes Herz ausgeschüttet. Erst dachte ich, ich würde zu heulen anfangen, aber dann haben wir uns schlapp gelacht. Das hat so gutgetan.

»Erzähl mir von deiner Mutter«, hatte sie gesagt und mir eine Haarsträhne aus der Stirn gestrichen. Genau wie Mam das früher immer gemacht hat. Und zack, mein Freund, der Kloß im Hals, war da.

»Nee, lieber nicht.«

»Ich würde aber gerne mehr über sie erfahren«, hatte sie geantwortet und ihre Stimme war ganz leise geworden.

»Was denn?« Meine Stimme war auch ziemlich leise – und sehr dünn. Jetzt bloß nicht heulen!

»Sie war bestimmt toll, oder?«

»Meine Mam war mehr als toll. Sie war ... schön, sie war klug und witzig. Und total stark.«

»Stark?«

»Ja. Sie hatte richtig viel Kraft. Weil sie Balletttänzerin gewesen war und noch immer ein bisschen trainiert hat. Einmal ...« Das konnte ich nun wirklich nicht erzählen!

»Was?«

»Ach nichts.«

»Sag schon.«

»Nee.«

Sie stupste mir in die Seite. »Nun sag schon.«

»Es gab da diesen Jungen, den fetten Dominik. Er kam in der Vierten in unsere Klasse. Er war ziemlich groß und ich, nun ja, eher klein.«

»Und?«

»Außerdem war er fies. Ein richtig gemeiner, fieser Kerl.«

»Er hat dich geärgert, oder?«

»Kann man so sagen!« Ich wurde heute noch wütend, wenn ich daran dachte. Sie strich mir wieder eine Strähne aus dem Gesicht.

»Was hat er denn gemacht?«

»Zwerge klatschen.«

»Was?«

»Zwerge klatschen.« Sie sah mich mit ihren großen Augen fragend an. Ich holte tief Luft. Eigentlich wollte ich das niemals jemandem erzählen, aber jetzt war es ja sowieso schon fast raus.

»So hat er das genannt, der fette Dominik. Er hat mich einfach geschnappt, mich in die Luft gehoben und an eine Hauswand gedrückt. Da hing ich dann. ›Willst du wieder runter, Baby?‹, hat er immer gefragt. Ich habe versucht, mit Witz darauf zu reagieren. Zum Beispiel hab ich dann gesagt: ›Nee, lass mal, hier oben riecht es nicht so nach fetten Kindern‹. Das kam aber nicht so gut.«

Sie lachte. »Ich find's witzig.«

»Zu Hause habe ich nichts gesagt, vielleicht hat ein Lehrer meiner Mutter davon erzählt, keine Ahnung. Jedenfalls stand sie eines Tages, es war Pause und ich hing mal wieder an einer Hauswand, plötzlich neben dem fetten Dominik. Der ließ mich schnell runter. Ohne ein Wort zu sagen, schnappte sie sich dieses Arschloch und hob ihn hoch an die Wand. Der halbe Schulhof kam angerannt, um zuzusehen. Dem fetten Dominik stiegen sofort Tränen in die Augen, der hatte richtig Schiss.«

Skinny musste lachen. »Das hat sie wirklich gemacht?«

»Sie hat ihm fest in die Augen gesehen und dann hat sie gesagt: ›Wenn du meinen Sohn noch einmal anfasst, dann setze ich dich auf den höchsten Baum, den ich finden kann, und sorge dafür, dass du da nie wieder runterkommst, Freundchen.‹«

Skinny prustete los. »Das hast du dir gerade ausgedacht, oder?«

»Ich schwöre, das hat sie exakt so gesagt. Ich dachte damals, mich trifft der Schlag.« Skinny musste so lachen, dass sie fast von der Parkbank kippte, ich lachte mit. Gemeinsam lachten wir, bis uns die Tränen über die Wangen liefen.

»Und danach hattest du Ruhe vor dem fetten Dominik, oder?«, fragte sie noch immer lachend.

»Ich brauchte ihn nur anzusehen und schon wurde er rot und sah schnell weg. Er hat sich auch kein anderes Opfer gesucht. Jedenfalls habe ich nichts davon mitbekommen.« Wir saßen noch eine Weile auf der Bank und ich erzählte von meiner Mam. Irgendwann sah Skinny mir in die Augen.

»Du vermisst sie sehr, oder?«

Ich musste schlucken. »Ja«, brachte ich gerade so raus. Dann sagten wir eine Weile nichts, sie hielt meine Hand und es fühlte sich perfekt an. Zum Abschied hab ich sie geküsst. Ich hab auch schon andere Mädchen geküsst, aber mit Skinny ist es irgendwie anders. Besser. Viel besser.

Als ich wieder zu Hause war, spielte ich ein bisschen mit Jenny Klavier. Irgendwann sah sie mich an.

»Und, wie war's?«

»Wie war was?«

»Na, deine Verabredung natürlich.«

»Was für eine Verabredung?«

»Passi! Habt ihr euch geküsst?«

»Das geht dich ja wohl überhaupt nichts an.«

»Ihr habt euch geküsst, stimmt's?« Ich nahm meine Schwester, schmiss sie aufs Sofa und kitzelte sie so lange durch, bis sie kaum noch atmen konnte vor lauter Lachen.

»Passi ist verliehiebt, Passi ist verliehiebt«, sang sie durch die Wohnung, nachdem sie wieder zu Atem gekommen war. Ausgerechnet da ging die Wohnungstür auf: Dad kam nach Hause. Er sah von ihr zu mir, lächelte, sagte aber nichts weiter, wofür ich ihm dankbar war.

Ich setzte mich in mein Zimmer und dachte lange nach. Dann schnappte ich mir mein Handy. Mir fiel nur ein Satz ein, der in etwa ausdrückte, was ich empfand. Ich schrieb ihn und drückte schnell auf Senden, bevor ich es mir anders überlegen konnte:

> Dich zu küssen, war das Schönste, was ich jemals erlebt habe.

Skinny

Ich sah den Krankenwagen schon von Weitem, mein Herz begann zu rasen. So schnell ich konnte, fuhr ich nach Hause. Als ich vor der Tür war, wurde Vicky gerade auf einer Trage aus dem Haus gebracht.

»Was ist los?«, schrie ich meine Mutter an.

»Sie hatte Probleme mit der Atmung, es geht aber schon wieder besser, mach dir keine Sorgen.« Ich machte mir aber Sorgen, große Sorgen.

»Ich fahre mit«, mit einem Satz war ich im Krankenwagen. Vicky hat immer mal Probleme mit der Atmung, aber selten müssen wir sie deshalb ins Krankenhaus bringen. Ich setzte mich neben sie, nahm ihre Hand und begann zu reden. Ein Sanitäter stieg ein und kontrollierte ein paar Instrumente, dann fuhr der Wagen los. Mama rief noch, dass sie mit dem Auto nachkommen würde.

»Ganz ruhig, Vicky, alles ist gut, ich bin ja wieder da.«

Der Sanitäter lächelte mir zu. »Die Kleine ist bei uns gut aufgehoben.«

»Sie ist nicht klein, sie ist genauso alt wie ich.«

»Ach so, sie wirkt viel jünger als Sie.«

»Ist sie aber nicht!« Ich hörte mich an wie ein kleines,

bockiges Kind. Dabei hatte ich gerade den ersten Kuss meines Lebens bekommen.

Vicky blieb die Nacht im Krankenhaus und ich auch. Mama wollte mich dazu überreden, nach Hause zu fahren, aber ich blieb. Irgendwann gegen zehn brachte mir eine freundliche Krankenschwester eine aufklappbare Liege. Ich stellte sie direkt neben das Krankenbett und nahm Vickys Hand. Sie sah mich an.

»Vickybev immer hier«, sagte sie, ihre Stimme klang so traurig.

»Keine Angst, Vicky, ich lass dich nie wieder alleine, das verspreche ich dir.«

Ich streichelte ihre Hand, dann schliefen wir ein.

Pascal

Sie antwortete nicht. Ich hatte erwartet, dass sie spätestens am nächsten Tag mailen oder anrufen würde, aber ich hörte nichts von ihr, tagelang. Absolute Funkstille. Ich begann schon, daran zu zweifeln, dass es den Abend am See überhaupt gegeben hatte. Jedenfalls muss es für sie total anders gewesen sein als für mich, sonst hätte sie sich längst gemeldet. Zwei Tage nach dem See hatte ich an meinem Handy die Nummer unterdrückt und sie angerufen, sie meldete sich sofort, ich legte auf.

Irgendwann hielt ich es nicht mehr aus und beschloss, mit Tom zu reden. Wir verabredeten uns für den Abend.

»Ich hab mich zwei Mal mit ihr getroffen«, sagte ich nach den üblichen Begrüßungsfloskeln.

»Cool, Mann!« Ich schwieg.

»Erzähl mehr, Kumpel.«

»Beim zweiten Treffen haben wir eine Runde mit der Vespa gedreht und sind ein bisschen am See spazieren gegangen.«

»Klingt ja nach dem Beginn einer ganz großen Romanze.«

»Mach keine Scherze, Tom, ich brauche wirklich deinen Rat.«

»Leg los, wo liegt das Problem?«

»Zum Abschied hab ich sie geküsst.«

Er pfiff durch die Zähne, sagte aber nichts.

»Es fühlte sich einfach perfekt an. Später habe ich ihr dann eine Mail geschrieben, vielleicht hab ich mich etwas kitschig ausgedrückt, keine Ahnung. Jedenfalls ist seitdem Funkstille.«

»Was hast du denn geschrieben?«

»Weiß ich nicht mehr.«

»Komm, sag schon.«

»Na, dass mir der Kuss gefallen hat oder so.«

»Oder so?«

»Etwas in der Art halt.«

»Hm.«

»Was soll das heißen, hm?«

»Seitdem ist Funkstille, sagst du?«

»Ja.«

»Das ist merkwürdig.«

»Finde ich eben auch, also was soll ich machen?«

»Ruf sie an, vielleicht ist sie krank.«

»Hab ich schon.«

»Und?«

»Sie ist sofort drangegangen und klang überhaupt nicht krank.«

»Und was hast du gesagt?«

»Nichts, ich hab aufgelegt.«

»Hm.«

»Tom! Du machst mich wahnsinnig mit deinem Hm! Sag mir, was ich machen soll!«

»Alter, dich hat es ja ganz schön erwischt.«

»Weiß nicht.«

»Klar hat es dich erwischt – und wie.«

»Ich hatte wirklich den Eindruck, dass sie mich mag. Sonst hätte sie mich doch nicht geküsst, oder?«

»Versteh einer die Frauen.«

»Tom, bitte rede nicht, als wärst du sechzig! Gib mir einen Tipp!«

»Kannst du ihr nicht irgendwie zufällig über den Weg laufen?«

»Und wie soll ich das deiner Meinung nach machen?«

»Vielleicht auf dem Weg zur Schule?« Kein schlechter Gedanke!

Zum Abschied schlug Tom mir auf die Schulter, ich ging in die Knie.

»Das wird schon, Kumpel.«

Am nächsten Tag schwänzte ich die letzte Stunde, fuhr zum Mörike und stellte mich so hinter einen parkenden Wagen, dass ich nicht gesehen werden konnte. Ich kam mir reichlich dämlich vor. Kurz nach eins spuckte die Schule ihre Schüler auf die Straße. Ich sah sie fast sofort, sie ging alleine zum Fahrradständer und schloss ihr Rad auf. Ich ließ die Vespa an und fuhr ihr entgegen. Besonders originell war das nicht, geschweige denn zufällig. Sie lächelte, als sie mich sah, irgendwie wirkte sie verlegen.

»Hey«, sagte sie und stieg vom Rad. Ich nahm den Helm ab und machte die Vespa aus.

»Hey. Wie geht's?«

»Alles okay.«

Ich schwieg, was hätte ich auch groß sagen sollen, da doch alles okay war.

»Und bei dir?«, wollte sie wissen.

»Auch alles okay.«

»Gut.«

»Ja.« Ich sah sie an, die Sommersprossen auf ihrer Nase waren blasser als sonst. »Nein, es ist nicht alles okay, Skinny. Ich verstehe nicht, warum du dich nicht gemeldet hast, um ehrlich zu sein. Ich dachte …«

»Was dachtest du?«

»Ach, nichts.«

»Nun sag schon.«

»Nee.«

»Du hast recht, ich hätte mich melden sollen.«

Ich sah ihr in die Augen.

»Skinny, kannst du mir erklären, warum du meine Mail nicht beantwortet hast. Habe ich etwas falsch gemacht?«

»Du hast nichts falsch gemacht, wirklich.« Sie sah aus, als würde sie gleich zu weinen beginnen. »Es tut mir leid, aber das mit dir und mir, das geht nicht.«

Sie hat einen anderen, Scheiße. »Bist du mit jemandem zusammen?«

»Quatsch.«

»Was ist es denn dann?«

»Es geht nicht, okay?« Sie stieg auf ihr Rad und weg war sie. Ich stand da wie der allerletzte Depp.

Zu Hause suchte ich auf dem Dachboden nach einem Plattenspieler und wurde tatsächlich fündig. Ich schloss ihn an meine Anlage an und legte ihre Platte auf. Die raue Stimme von Kurt Cobain erfüllte den Raum. Nirvana war nicht so mein Ding, ich hörte die Platte trotzdem zu Ende, während ich auf dem Bett lag und an die Decke starrte. Hallo Decke, lange nicht gesehen!

Tori Amos hatte mal *Smells Like Teen Spirit* am Klavier interpretiert, im Internet fand ich die Noten dazu. Ich druckte sie aus, dann machte ich mich an den Song. Er war nicht schwer zu spielen, schon bald hatte ich ihn drauf. Mein kleines Aufnahmegerät hatte den Schlag gegen die Wand erstaunlicherweise überlebt. Ich nahm den Song auf und hörte ihn mir an, es klang furchtbar, so nörgelig. Auf YouTube gab es mehrere Interpretationen von Tori Amos, die klangen auch alle ziemlich nörgelig. Dann musste das wohl so sein. Ich brannte mein Meisterwerk auf eine CD, steckte sie unbeschriftet in einen Umschlag, schrieb ihren Namen drauf und machte mich auf den Weg. Alles besser, als nichts tun.

Mir klopfte das Herz wie verrückt, als ich ihr Haus erreichte. Drinnen blieb alles still, also warf ich schnell den Umschlag in den Briefkasten. Eine Frau kam den Bürgersteig entlang. Ich haute ab, wäre ja total peinlich, wenn das zufällig Skinnys Mutter wäre.

Skinny

»Willst du nicht ein bisschen rausgehen, du siehst so blass aus.«

»Nein.«

»Ich bleibe bei Vicky.«

»Nein.«

Mama sah mich an. »Du hast doch was, willst du nicht mit mir darüber reden?«

Ganz sicher nicht!

»Nein.«

»Wie war es denn heute Morgen in der Schule?«

»Wie immer.«

Es klingelte, vielleicht der Postbote. Mama ging zur Tür und kam mit Bea zurück. Die hatte mir gerade noch gefehlt.

»Hallo Beverley.«

»Ich heiße Skinny.«

Bea zog total affig an einer Zigarette.

»Kannst du nicht draußen rauchen?«

Sie lachte. »Das ist eine Elektrozigarette, völlig harmlos.«

»Sehr witzig, das ist total ekelig.«

»Okay, okay, ich rauche draußen. Soll ich dann gleich deine Liebespost mit reinbringen?« Sie zwinkerte mir zu. »Mister Superhübsch hat dir nämlich gerade etwas in den Briefkasten geworfen, ich hab's gesehen, als ich kam.«

Mama sah mich fragend an, ich zuckte mit den Schultern. Ich hatte definitiv keine Ahnung, wovon hier die Rede war. Trotzdem ging ich zum Briefkasten. Es lag ein brauner Umschlag drin, auf dem mein Name stand. Skinny, mehr nicht. Mit klopfendem Herzen ging ich zurück, Mama und Bea standen im Flur und sahen mich fragend an. Wortlos ging ich an ihnen vorbei in mein Zimmer und riss den Umschlag auf. Es war eine CD drin, unbeschriftet. Konnte die wirklich von ihm sein?

Leg sie ein und du weißt es! Ich schob sie in den Rechner, der Player ging automatisch an, mit einem Kloß im Hals hörte ich zu. Das musste von ihm sein, von wem sonst? Was hatte das zu bedeuten? Ich hörte es noch ein paar Mal, dann beschloss ich, mit Vicky darüber zu reden, Mama war bei ihr. Na toll!

»Na, Skinny, was war das denn für ein Umschlag?«

»Mama, ich bin fünfzehn!«

»Stimmt«, sie lächelte mich an, »das vergesse ich manchmal, mein Mädchen.« Mein Mädchen? Was soll das denn jetzt werden? Ich sah sie an, sie streichelte Vickys Hand.

»Was ist los, Mama?«

»Was soll los sein?«

»Du bist irgendwie so anders.« Das Gespräch mit Vicky konnte ich jedenfalls fürs Erste vergessen. »Gehst du noch mit Anton raus, ich muss zur Probe?«, fragte ich meine Mutter. Sie lachte.

»Klar mach ich das. Ich setze unsere kleine Zuckerpuppe hier in ihren Rollstuhl und schiebe sie durch den Park, nicht, Vicky?« Sie kitzelte Vicky, die jubelte. »Und Anton nehmen wir natürlich mit!«

Zuckerpuppe! Meine Mutter hat den Verstand verloren, jetzt ist es amtlich.

Ich machte mich auf den Weg zur Probe. Holler hatte uns freigestellt, weiter an *Rent* zu arbeiten, oder etwas Neues einzustudieren, alle waren für *Rent*. Ich war mal wieder die Erste, war ja klar. Yannik kam auch ziemlich früh.

»Hey Skinny«, grüßte er mich.

»Hey.«

»Geht's gut?«

»Geht so.«

Er sah mich an. »Bei dir scheint ja im Moment schwer was los zu sein.«

»Was meinst du denn damit, wenn ich fragen darf?«

»Na, den einen Tag bis du total locker und den nächsten wieder genauso verschlossen wie früher.«

»Was ist eigentlich so toll am Lockersein? Ist das jetzt die neue Währung, oder was?«

Er lachte, dann sah ich es. Ein kleines Tattoo in seinem Nacken.

»Das ist neu, oder?«

»Yep.«

»Zeig mal? Sieht cool aus.«

»Danke.«

»Super, dass deine Eltern das erlauben.«

»Die wissen das noch gar nicht.« Er grinste.

»Aber man braucht doch die Erlaubnis der Eltern, wenn man noch keine achtzehn ist.«

»Nicht bei Andy.« Andy! Stimmt, der sticht auch Tattoos, wenn er nicht gerade CDs verkauft.

So langsam trudelten die anderen ein.

»Leute, ich habe eine Neuigkeit«, meinte Holler, nachdem wir vollzählig waren. Er machte eine effektvolle Pause, dann ließ er die Katze aus dem Sack: »Wir können unsere Show noch einmal aufführen, in zwei Wochen am Stadtstrand. Es geht allerdings nur ein einziger Tag. Ich hoffe sehr, ihr könnt da alle, am Mittwoch, den Zehnten?« Er sah uns an.

»Was denn für ein Stadtstrand?«, fragte Lea.

»Der ist am Flussufer aufgeschüttet und da finden jeden Abend Konzerte statt, es ist ziemlich abgefahren dort.«

»Cool«, warf Max ein.

»Also, was sagt ihr, wollen wir noch mal die Bühne rocken?« Bühne rocken! Ich musste grinsen. Da keiner terminliche Einwände hatte, ging der Auftritt klar. Alle freuten sich drauf. Ich auch, und wie.

Nach der Probe ging ich in mein Zimmer, dort war ich ungestört. Mama und Vicky waren zwar noch unterwegs, aber man weiß ja nie. Ein paarmal wählte ich seine Nummer bis zur vorletzten Zahl, dann legte ich wieder auf. Das ist doch komplett albern! Ich wählte wieder und ließ es klingeln. Als er sich meldete, brachte ich keinen Ton heraus und legte auf. Feige Nuss! Eine Minute später klingelte mein Handy.

»Hey«, sagte er.

»Hey.«

»Du hast angerufen.«

»Ja, aber ich habe keine Verbindung bekommen«, log ich.

»Jetzt hast du eine Verbindung.«

»Ja. Ähm, also danke für den Song.«

»Bitte.«

»Ich mag ihn.«

»Klingt ein bisschen nörgelig, oder?«

Ich musste lachen. »Nein, überhaupt nicht, klingt cool.«

Wir schwiegen.

»Ja, also, vielleicht könnten wir ja mal wieder 'ne Runde auf deiner Vespa drehen?«, sagte ich nach einer Weile.

»Ich hab Zeit.«

»Du meinst jetzt?«

»Ja.«

Ich zögerte kurz. »Ich könnte in zehn Minuten am See sein.«

»Gut, dann in zehn Minuten am See. Bis gleich.«

Mit hämmerndem Herzen sah ich in den Spiegel, der Kobold schien Gewichte zu stemmen. Ich wechselte das T-Shirt, kämmte kurz durch mein Haar und lief die Treppe runter.

»Ich muss noch mal weg, schaust du nach Vicky?« Mama sah von der Zeitung hoch.

»Papa kommt pünktlich, wir wollen später grillen.« Das war jetzt schon das dritte Mal in dieser Woche, dass Papa zum Abendessen nach Hause kam.

»Fangt schon mal ohne mich an«, rief ich und schloss schnell die Haustür, um ihrer Antwort zu entgehen.

Wir sind dann gar nicht Vespa gefahren, haben einfach nur am See gesessen und gequatscht. Und uns an den Händen gehalten. Ich wusste gar nicht, dass Händchenhalten so aufregend sein kann. Als er mich fragte, warum ich ihn erst nicht wiedersehen wollte, bin ich ganz schön ins Schwimmen geraten und hab irgendwas Blödes von der Schule gemurmelt. Er hat aber nicht weiter nachgebohrt, zum Glück. Es war einfach gut, mit ihm zusammen zu sein. Er findet meine Augen schön und meine Haare. Hat er jedenfalls gesagt. Keine Ahnung, ob das stimmt. Es ist das erste Mal, dass ein Junge so was zu mir gesagt hat. Zum Abschied hat er mir in die Augen gesehen, mein Herz klopfte wie verrückt.

»Ich mag dich sehr, Skin«, hat er gesagt und über mein Haar gestrichen. Ich hab ignoriert, dass er meinem Namen zwei Buchstaben geklaut hat.

»Ich dich auch.«

»Ich dich mehr«, grinste er.

»Glaub ich nicht.«

»Doch.«

»Glaub ich nicht.«

»Doch, viel, viel mehr.«

Dann haben wir uns geküsst, ganz lange. Mich hat's voll erwischt, so viel steht mal fest.

Abends haben wir tatsächlich noch gegrillt. Mama hatte einen Salat gemacht und Papa stand am Feuer, wie in einem amerikanischen Kitschfilm. Die Familie spielt heile Welt, ich musste lachen.

»Was ist so komisch?« Papa lächelte mir zu.

»Du grillst!«

»Und das findest du komisch?«

»Ich kann mich nicht erinnern, dass wir schon mal gegrillt hätten.«

»Kann schon sein, ab jetzt werden wir das öfters machen, das macht Spaß.«

»Wegen mir muss das nicht sein.«

Vicky saß in ihrem Rollstuhl neben mir, eine Decke über den Beinen. Sie sah in den Himmel. Ob sie spürt, dass etwas anders ist? Dass es mir ... anders geht? Ich streichelte über ihre Wange.

»Vickybev.« Ein Lächeln zog über ihr Gesicht. »Anton. Mama.«

»Mensch, Vicky, du bist heute ja richtig gesprächig.« Sie lachte. Vielleicht mag sie es, dass wir alle zusammen sind? Mama, Papa und wir zwei Mädels.

Als wir kleiner waren, war ich sicher, dass sie genau das Gleiche fühlt wie ich. Dass es ihr immer genauso geht wie mir.

Früher wusste ich jedenfalls besser, was in ihr vorgeht. Oder hab ich mir das nur eingebildet?

Pascal

Ich setzte mich an den Flügel, zum Glück war ich alleine zu Hause. Ich spielte eine Sonate von Scarlatti und kam mir dabei vor wie der junge Ivo Pogorelich, nur dass ich übers ganze Gesicht grinste. Pogorelich sieht beim Klavierspielen immer aus, als stünde er kurz vorm Selbstmord. Natürlich nur, weil er extrem konzentriert ist. Im Gegensatz zu mir, ich verhaute mich andauernd, aber das war völlig egal. Ich spielte, weil ich glücklich war. Und verliebt, zum ersten Mal richtig verliebt – in Skinny, das Mädchen aus Andys Laden. Wir haben am See gesessen und geredet. Und gelacht und uns geküsst. Sie konnte mir nicht so richtig erklären, warum sie mich erst nicht wiedersehen wollte, aber jetzt will sie es und das ist die Hauptsache. Vielleicht hatte sie ja doch einen anderen und hat das beendet. Falls ja, wird sie mir das sicher irgendwann erzählen. Alles zu seiner Zeit. Morgen treffen wir uns wieder. Das ist alles, was zählt.

Skinny

Am nächsten Tag sahen wir uns wieder. Wir fuhren raus und legten uns auf eine Wiese. Ich musste grinsen, weil es irgendwie so – kitschig war.

»Wir liegen hier rum wie ein kitschiges Liebespaar.«

»Wir sind ein kitschiges Liebespaar.« Er legte seinen Kopf auf meine Schulter und seine Hand auf meinen Bauch. Unter das T-Shirt! Der Kobold muss sich Ecstasy besorgt haben. Jedenfalls bekam ich meine Atmung nicht unter Kontrolle, deshalb sagte ich nichts mehr.

Wir lagen einfach da, der Himmel war unglaublich blau, mit kleinen, weißen Wolken.

»Der perfekte Himmel für ein kitschiges Liebespaar.« Er setzte sich auf und tippte auf meine Sommersprossen. »Sag mal, wie heißt du eigentlich wirklich?«

»Skinny.«

»Deine Eltern habe dich garantiert nicht so genannt!«

»Ich finde, es sollte ein Gesetz geben, das Eltern verbietet, ihren Babys Namen zu geben.«

»Also, sag schon, wie heißt du wirklich?«

»In meiner Klasse ist ein Mädchen, das heißt Micaela, ohne Scheiß. Ihre Mutter ist Opernfan und Micaela ist irgend so eine Tabaktante aus *Carmen*, oder so. Das muss man sich mal vorstellen, Micaela!«

»Nicht ablenken«, er tippte wieder auf meine Sommersprossen, »ich will es jetzt wissen!«

»Was?«

»Na, deinen richtigen Namen.«

»Skinny.«

»Komm schon«, er begann, mich zu kitzeln, »ich muss leider sehr harte Maßnahmen ergreifen, wenn du es mir nicht freiwillig sagst.«

Ich musste lachen, ich wusste gar nicht, dass ich kitzelig bin.

»Lass das, ich sag's ja schon«, keuchte ich. Er tippte wieder auf meinen blöden Sommersprossen rum, ich holte tief Luft. »Beverley.«

Er fing nicht an zu lachen. »Beverley klingt edel.«

»Edel? Das klingt doch total beknackt!«

»Finde ich nicht«, er sah mir in die Augen, »ich muss dir was sagen, Beverley.«

»Was?« Er sagte nichts. Mein Herz begann zu klopfen. »Was musst du mir sagen?« Er strich über meine blaue Strähne und sah mich leicht verlegen an.

»Dass ich total verknallt in dich bin.« Dann küsste er mich. Wir lagen einfach da und sagten nichts mehr. In mir hörte ich es immer wieder. *Dass ich total verknallt in dich bin.*

»Wie heißt eigentlich deine Schwester?«, fragte er nach einer Weile. Ich antwortete nicht und er begann wieder, mich durchzukitzeln.

»Vicky, sie heißt Vicky«, kicherte ich, »eigentlich Victoria.«

Er sah in den Himmel. »Beverley und Victoria.

Klingt nach zwei Prinzessinnen, die auf einem Schloss wohnen.«

»Vermutlich war das auch der Gedanke meiner Mutter, als sie sich die Namen ausdachte. Oder es war der Hormonschock, keine Ahnung.«

»Wann lerne ich sie kennen?«

»Meine Mutter?«

»Vicky.«

Ich schwieg, er legte seinen Kopf zurück auf meine Schulter.

»Ist sie wie du?«

»Wer?«

»Hallo! Rede ich Suaheli? Deine Schwester. Ist sie wie du?«

»Weiß nicht.«

»Sie ist wie du, oder?«

»Keine Ahnung, ich glaub nicht.«

»Wann lerne ich sie kennen?«

»Irgendwann.«

Er setzte mich am Brunnen ab, da stand mein Fahrrad. Es machte echt Spaß, mit ihm Roller zu fahren. Nachdem ich mein Rad aufgeschlossen hatte, nahm er meine Hand und sah mich an.

»Das war ein total schöner Nachmittag mit dir, Beverley.« Er grinste.

»Wenn du mich noch einmal mit diesem endbescheuerten Namen ansprichst, dann war das leider auch dein letzter Nachmittag mit mir.« Ich grinste zurück. Er drückte meine Hand.

»Sehen wir uns morgen, Skin?«

»Das wäre toll.«

»Klingt nach ’nem Aber.«

»Ich weiß noch nicht genau, ob es morgen klappt, aber ich versuche es, okay.«

»Also gut, okay.«

Auf dem Weg nach Hause fragte ich mich, warum ich ihm nicht einfach von Vicky erzählt hatte. Dass Vicky … anders ist. Ich wusste es selber nicht so genau, vielleicht wollte ich meine große Schwester einfach ganz für mich alleine haben. Jedenfalls war es total aufregend, mit Pascal auf dieser Wiese zu liegen. Wie ein kitschiges Liebespaar. Ich will ihn so schnell wie möglich wiedersehen. Am liebsten sofort!

Pascal

Tom und ich saßen nach der Schule noch in der Mensa. Wir wollten zusammen Mathe lernen. Ich war ziemlich unkonzentriert, das blieb ihm natürlich nicht verborgen. Irgendwann sah er mich an.

»Was ist los, Kumpel?«

»Was soll los sein?«

»Na, du denkst an alles Mögliche, aber nicht an Mathe.«

»Sorry, ich bin nur etwas unkonzentriert.«

»Das merke ich, Alter, aber warum?«

»Keine Ahnung.«

Tom grinste mich an. »Sag schon.«

»Was soll ich sagen?«

»Du hast sie wiedergesehen, oder?«

Ich tat so, als würde ich ihn nicht verstehen, und sah wieder in die Matheaufgabe.

»Nun sag schon.«

»Yep.«

»Cool. Und … ich meine … seid ihr zusammen?«

»Yep.«

Er knallte mir seine Pranke auf die Schulter. »Glückwunsch, Kumpel!«

»Danke.«

»Und, ist alles gut?«

»Glaub schon.«

»Klingt so, als seiest du dir nicht sicher?«

»Doch, doch.«

»Seht ihr euch oft?«

»Nicht so oft, wie ich es mir wünsche, um ehrlich zu sein.«

»Warum nicht?«

»Sie hat ganz schön wenig Zeit, muss viel für die Schule lernen … sagt sie.«

»Zweifelst du daran? Ich meine, glaubst du, sie sagt dir nicht die Wahrheit, oder so?«

»Nein, das glaube ich natürlich nicht.«

Ganz so sicher, wie ich Tom gegenüber tat, war ich mir allerdings nicht. Absolut nicht, um genau zu sein. Vor ein paar Tagen wollte ich sie spontan nach der Chorprobe abholen, um noch eine Runde mit der Vespa zu drehen. Ich wartete mit einigem Abstand an der Schule, weil ich nicht sicher war, ob sie mit mir gesehen werden wollte. Die Probe ging bis sechs, so viel wusste ich. Kurz nach sechs kamen einige Jungs und Mädels aus der Schule, ein paar erkannte ich wieder, sie hatten mit Skinny auf der Bühne gestanden. Die Probe war also zu Ende. Sie kam nicht. Dass sie die Probe geschwänzt hatte, konnte ich mir kaum vorstellen, immerhin hatte der Chor schon bald das Konzert am Stadtstrand. Außerdem stand ihr Rad im Fahrradständer. Ich holte mein Handy raus, aber etwas ließ mich zögern. Was, das wusste ich selber nicht so genau. Ich blieb, wo ich war, und wartete ab.

Ungefähr gegen sieben öffnete sich die große Schultür wieder. Der Typ, der beim Konzert Gitarre gespielt hatte, kam raus, gefolgt von Skinny. Ich hechtete hinter einen Strauch. Ich konnte sie lachen hören, wagte aber nicht, hinter dem Strauch hervorzukommen. Das wäre ja mal richtig blöd, wenn die beiden mich entdeckt hätten.

Den ganzen Abend habe ich mich gefragt, was sie alleine mit dem Typen in der Schule gemacht hat.

Skinny

Ich setzte mich auf die Bank im Park, zu der ich oft mit Vicky gehe. Sie saß in ihrem Rollstuhl neben mir und schaute in den Himmel. Sie beobachtet die Wolken, glaube ich.

»Ich bin total verknallt, Vicky. Zum ersten Mal in meinem Leben.«

Sie reagierte nicht, die Wolken waren wichtiger.

»In Pascal, ich hab dir doch schon von ihm erzählt. Vor ein paar Tagen lagen wir auf einer Wiese und er hat seine Hand unter mein Shirt geschoben, puh, ich wusste gar nicht so richtig, was ich machen sollte. Es war sooo aufregend!«

»Vickybev?«, fragte sie. Anton kam angerast und ließ seinen kleinen Ball vor meine Füße fallen. Ich warf ihn wieder fort, er flitzte hinterher.

»Vickybev!« Sie klang quengelig.

Ich strich ihr über die Hand. »Das mit Pascal, das ist ganz normal, Vicky, wir werden älter, da passiert so was. Das heißt nicht, dass ich dich weniger lieb habe, okay?« Ich küsste sie auf die Wange. »Er ist so süß. Am liebsten würde ich mich viel öfter mit ihm treffen.«

Vicky sah wieder in die Wolken. Wie schön wäre es, wenn ich richtig mit ihr reden könnte. Über ihn. Vicky würde mir Tipps geben. Was ich anziehen soll und so.

Wir würden zusammen überlegen, wie ich ihn noch mehr um den Finger wickeln könnte. Ich würde ihr Bilder von ihm zeigen und ein bisschen mit ihm angeben. Sie wäre eifersüchtig, aber nur ein ganz klein wenig. Weil sie ja selber mit einem tollen Typen zusammen wäre. Ich würde ihr auch Tipps geben. Und wir könnten was zu viert unternehmen. Vicky mit ihrem Freund und Pascal und ich. In die Disco gehen oder ins Kino. Und später, zu Hause, würden wir den vergangenen Abend noch mal besprechen. Richtige Schwesterngespräche eben.

Pascal

Ich wartete nach der Schule auf sie.

»Hey.«

»Hey.« Sie gab mir einen Kuss und lächelte mich an. Sie sah so unglaublich cool aus, dass es mir fast den Atem nahm.

»Fahren wir an den See?«

»Sorry, aber ich hab überhaupt keine Zeit, muss noch einiges für die Schule tun und wir treffen uns schon um fünf zum Aufbau für das Konzert.«

»Meine kleine Streberin.« Ich sah ihr in die Augen. »Soll ich euch beim Aufbau helfen?«

»Ähm, nee, das ist nicht nötig. Du kommst aber, oder?«

»Was denkst du denn, das lass ich mir doch nicht entgehen.«

»Dann sehen wir uns heute Abend am Strand?«

»Wir sehen uns heute Abend am Strand, Tom kommt auch mit.«

»Wer ist Tom?«

»Ein Freund von mir.«

Sie küsste mich. »Ich freu mich so auf heute Abend, das wird ganz bestimmt total aufregend.«

»Du hast sicher Lampenfieber, oder?«

»Und wie.«

»Kommt deine Schwester auch?«

»Wer?«

»Na, deine Schwester, ich würde sie gerne mal kennenlernen.«

Sie zögerte einen Moment, so, als dächte sie über etwas Wichtiges nach.

»Nee, die kommt nicht.«

»Warum nicht?«

»Sie hat keine Zeit, okay?« Irgendwie klang sie gereizt. Ich strich ihr übers Haar.

»Zeit scheint in eurer Familie ja echte Mangelware zu sein.«

Das Konzert sollte um acht beginnen, ich hatte mich mit Tom eine halbe Stunde vorher verabredet.

»Na, Kumpel, dann lerne ich ja endlich deine Süße kennen«, meinte er, als ich ihn mit der Vespa abholte. Wir fuhren zum Stadtstrand, der nicht weit von der City entfernt war. Es war schon ziemlich voll, in der Mitte stand eine Bühne. Von Skinny keine Spur. Vermutlich waren sie schon alle backstage.

Nachdem wir uns ein Getränk geholt hatten, drängelten wir uns in die erste Reihe vor, was einiges an Murren verursachte. Ein junger Typ machte eine ziemlich unbeholfene Ansage, dann kam die Band auf die Bühne. Die Scheinwerfer gingen an und die Musik setzte ein. Als sie ihr erstes Solo sang, pfiff Tom anerkennend durch die Zähne. Die Show war super, noch besser als beim ersten Mal. Jeder Song saß und es gab ziemlich viel Beifall. Als Skinny mit ihrem spöttischen

Lächeln ins Publikum blickte und *They say I have the best ass below 14th street, is it true?* sang, hielt Tom die Luft an.

»Alter«, meinte er, als die Gruppe nach einer Zugabe endgültig von der Bühne gegangen war, »die hat's ja vielleicht drauf. Das war ja noch geiler als in der Aula, und da hat es mir schon super gefallen.«

»Sie ist süß, oder?« Ich grinste ihn an.

»Mehr als süß. Die ist der Hammer.« Er knuffte mir in den Arm. »Glückskeks!«

Dann kamen sie alle hinter der Bühne hervor, es wurde noch mal geklatscht. Die Gruppe stand noch etwas zusammen, ich beobachtete sie aus einiger Entfernung. Jemand legte seinen Arm um Skinnys Schulter. Der Gitarrist! Sie lächelte ihn an. Etwas zog sich unangenehm in meinem Bauch zusammen. Ich sah zu Tom, der schien nichts bemerkt zu haben.

Später saßen wir zusammen in Liegestühlen, die keinen sehr vertrauenerweckenden Eindruck machten, aber standhaft ihren Dienst taten. Skinny war in ziemlich aufgekratzter Stimmung, kein Wunder, nach der Show. Tom überschüttete sie mit Komplimenten, was sie sichtlich genoss. Es war ein total schöner Abend.

Dann brachte ich sie zu ihrem Fahrrad, sie musste los.

»Du warst toll, Skin.« Ich strich mit dem Finger über ihre blaue Strähne.

»Danke, ich bin froh, dass es so gut geklappt hat.«

»Es hat super geklappt.«

»Ja, finde ich auch.«

»Wann sehen wir uns wieder?« Ich sah ihr in die Augen.

»So bald wie möglich, würde ich sagen, oder?« Sie lächelte, küsste mich und weg war sie.

Ich ging zurück zu Tom und ließ mich in den Liegestuhl fallen.

»Kumpel, das Mädel ist ein Sechser im Lotto.«

»Yep.«

»Sechser mit Zusatzzahl.«

»Gibt es nicht.«

»Egal. Platz gefälligst vor Glück!«

»Ich platze vor Glück, das ist ja das Problem.«

»Was für ein Problem hast du, Mann?«

»Manchmal kommt es mir falsch vor, Tom.«

»Es kommt dir falsch vor, glücklich zu sein, oder was?«

»Ja.« Er sagte eine ganze Weile nichts.

»Wegen deiner Mam?«

»Ja.«

Drei Tage später saßen wir vor dem Eiscafé in der Sonne, es war sehr heiß. Sie hatte eine abgeschnittene Jeans an und ein ziemlich knappes Shirt. Ihre schmalen Füße steckten in Flipflops. Sie sah einfach unwiderstehlich aus mit dieser hellen Haut und ihrem dunklen Haar. Am liebsten hätte ich sie überall berührt. Ich nahm ihre Hand, dann zog ich die Tickets raus und hielt sie in die Luft. Irgendwie kam ich mir blöd vor, wie ein Zauberer, der einen Hasen aus dem Hut zaubert.

»Was ist das?« Sie sah mich fragend an.

»Wonach sieht es denn aus?«

»Nach Konzertkarten. Zwei Stück, um genau zu sein.«

»Ach nee«, ich grinste sie an.

»Was denn für ein Konzert?«, sie grinste zurück.

»Morgen Abend ist in der Musikhochschule ein Konzert. Cage!«

»Cage, nie gehört.«

»Du wirst es mögen. Ähm ... ich meine, falls du Lust hast, mit mir dahin zu gehen.«

»Was macht dieser Cage denn so?«

Ich musste wieder grinsen. »*Dieser Cage* war ein Komponist, John Cage, ein Amerikaner. Ist vor ungefähr zwanzig Jahren gestorben. Er war ein Genie, wenn du mich fragst. Minimal Music nennt man den Stil, den er geprägt hat.«

»Nie gehört, klingt aber spannend.«

»Also, kommst du mit?«

Sie drückte meine Hand. »Klar komm ich mit, schließlich waren wir noch nie zusammen in einem Konzert.« Sie lächelte, ihre Sommersprossen lächelten mit.

Ich sah ihr in die Augen. »Genauso, wie wir noch nie zusammen essen waren oder im Kino oder schwimmen oder auf dem Eiffelturm ...«

»... oder auf dem Mond.« Sie schaute mich an, wie noch nie ein Mädchen mich angeschaut hat. Ich war total verliebt. Am liebsten wäre ich Tag und Nacht mit ihr zusammen.

»Sieh da, die schöne Beverley zusammen mit dem kleinen Pascal Brandt, das ist ja mal eine hübsche Überraschung.« Der fette Dominik! Der hatte mir gerade noch gefehlt. Ich war ihm nicht mehr begegnet, seit er die Schule gewechselt hatte. Er sah noch genauso bedrohlich aus wie früher. Der muss schon als Fiesling auf die Welt gekommen sein. Skinny lehnte sich zurück und sah ihn mit halb geschlossenen Augen an. Sie musste ihn irgendwoher kennen, sagte aber nichts, genau wie ich.

»Was ist, freut ihr euch denn gar nicht, mich zu sehen?« Er grinste.

Wir schwiegen.

»Beverley, willst du deinem Nachbarn aus Kindertagen denn nicht mal Guten Tag sagen?« Skinny ließ ihn auflaufen, sein Grinsen wurde fieser.

»Wie geht es denn der lieben Schwester?« Sie zuckte leicht zusammen, sagte aber immer noch nichts. Also wandte er sich an mich, mittlerweile lag fast etwas Grausames in seinem Blick.

»Beverley ist eine Nummer zu groß für dich, Baby! Die kleine Victoria wartet doch nur darauf, dass es ihr mal jemand besorgt – glaub mir, die ist eher dein Fall.«

Skinny setzte sich auf, ich merkte, dass ihr Körper gespannt war wie ein Flitzebogen. Was kam jetzt? Sie sah dem fetten Dominik in die Augen.

»Ich würde mich ja gerne intellektuell mit dir duellieren, *Nicky*, aber wie ich sehe, hast du keine Waffe dabei.« Ich hielt die Luft an, wie würde er reagieren? Dominik schaute verwirrt von ihr zu mir, er hatte die

Pointe eindeutig nicht verstanden – und das war ganz sicher auch besser so. Er tippte sich kurz an die Stirn wie zu einem Gruß, murmelte »Man sieht sich!«, und dackelte ab. Sobald er außer Sichtweite war, lachte ich los.

»Nicky?« Ich sah sie fragend an.

»So hat ihn seine Mama früher immer genannt.« Sie grinste.

»Puh, Skin, das war echt riskant.«

»No risk, no fun.«

»Das hätte aber ganz schön schiefgehen können.«

»Ach was, der Typ ist doch dämlich wie ein Meter Kiesweg. Gegen den ist unser Hund ein Genie.« Ich war ziemlich beeindruckt von ihrem Mut.

»Woher kennt der dich eigentlich?«

»Der wohnte mal in unserer Straße, aber ich wusste nicht, dass es der Dominik aus deiner Klasse ist.«

»Wie hat er das denn mit deiner Schwester gemeint?«

»Komm, vergessen wir den Arsch einfach.«

»Okay, vergessen wir ihn. Wollen wir mit dem Roller an den See fahren, da ist es kühler?« Und leerer, ich wollte unbedingt mit ihr allein sein.

»Ich muss bald los.«

»Aber wir haben uns doch gerade erst getroffen?«

»Ich weiß und ich würde echt gerne an den See, aber ich muss unbedingt noch etwas lernen.«

»Willst du mit siebzehn den Physiknobelpreis verliehen bekommen?«

»Wäre doch cool, oder?« Sie lachte mich an, ich nahm wieder ihre Hand.

»Im Ernst, Skin, ich möchte gerne mal mehr als ein oder zwei Stunden mit dir verbringen.«

»Morgen Abend, versprochen. Aber im Moment ist einfach viel für die Schule zu tun«, sie küsste mich. Ich nahm ihren Kopf in meine Hände und fuhr mit dem Daumen über ihre Wange.

»Ich würde es nur schwer ertragen, wenn du mich belügen würdest, Skin.«

»Wie kommst du denn darauf, dass ich dich belüge?«

»Das ist doch nicht normal, dass du immer nur so wenig Zeit für mich hast?«

»Es ist nur die Schule, Pascal, wirklich.«

Wie gerne würde ich ihr glauben. Vor ein paar Tagen bin ich ihr nach der Schule heimlich gefolgt, auch wenn ich mir dabei komplett doof vorgekommen bin. Ich hatte das Rad genommen, die Vespa hätte mich vielleicht verraten. Ich fuhr ihr hinterher, in der Hoffnung, dass sie wirklich nach Hause wollte, um dort zu lernen. Aber das war nicht der Fall. Wäre ja auch zu schön gewesen. Sie fuhr ziemlich weit, vor einem alten Fabrikgelände schloss sie ihr Rad ab und ging hinein. Was zum Teufel macht sie da? Ich wartete über eine Stunde, dann kam sie wieder raus, sie war nicht allein. Der Schock, sie zusammen mit diesem Gitarristen zu sehen, öffnete alle Poren meines Körpers. Meine Knie begannen zu zittern, während ich mich hinter einer Hauswand versteckte und die beiden beobachtete.

Sie betrügt mich, war mein erster Gedanke. Das kann nicht sein, mein zweiter. Es musste eine andere

Erklärung geben, nur welche? Ich stand da wie der allerletzte Vollidiot, während meine Gedanken und Gefühle eine Runde Achterbahn fuhren.

Ich sah Skinny an. Von meiner Beschattungstour durfte sie natürlich nichts erfahren. Aber ich wollte Klarheit!

»Bist du wirklich ehrlich zu mir, so ganz und gar?« Etwas in ihren Augen flackerte kurz, sie überlegte. Will ich es wirklich wissen? Nein, sag es mir nicht! Ich will es nicht hören! Ich will es nicht hören!

Sie nahm meinen Kopf in ihre Hände und küsste mich. »Ja, ich bin wirklich ehrlich zu dir, Pascal.« Dann musste sie los und ich saß da mit meinen Zweifeln, die immer größer wurden.

Skinny

Mamas Auto fuhr auf den Hof, sie kam mit Vicky von der Physiotherapie. Ich half den beiden ins Haus. Mama setzte Vicky in den Treppenlift und ich ging neben ihr her, während sie langsam hinauffuhr. Vicky lächelte, sie mochte Liftfahren. Einmal bin ich einen ganzen Nachmittag mit ihr gefahren. Oben setzte ich sie in ihren Rollstuhl, sie war viel leichter als ich, ich konnte sie immer noch gut tragen, und schob sie in ihr Zimmer.

»Wollen wir ein bisschen Musik hören, Vicky?« Ich wuschelte durch ihr Haar, sie begann zu lachen. Ich ließ den CD-Player erst mal aus, ich wollte mit ihr reden. »Morgen gehe ich mit Pascal in ein Konzert, toll, oder?«

Sie begann zu wimmern.

»Das heißt nicht, dass ich dich weniger lieb habe, wirklich. Und Mama ist doch auch ganz anders als früher, oder etwa nicht?« Ihr Wimmern wurde lauter.

»Vicky, verdammt, ich habe auch ein Recht auf Glück!« Anton hob den Kopf. Ich erschrak, noch nie war ich in ihrer Gegenwart laut geworden. »Schon gut, Vicky, schon gut, ich habe das nicht so gemeint, ist ja gut.« Ich dachte an Pascal, während ich gedankenlos ihre Wange streichelte, bis sie wieder ganz ruhig war.

Ich kann nur noch an ihn denken. Tag und Nacht.

Zum Abschied hat er mir gestern zwei Finger an den Hals gelegt, so, als wolle er meinen Puls fühlen. Es war wie ein Schwur.

»Vicky«, versuchte ich es wieder, »wenn ich jetzt öfter mal nicht da bin, dann ist das doch okay, oder?«

»Bev muss immer da!«

Verdammt!

»Vicky, wir sind fünfzehn, Zeit für Jungs«, versuchte ich es mit einem Scherz. Sie begann, laut zu schimpfen, Mama kam rein. Na super! Mama, wie immer zur falschen Zeit am falschen Ort.

»Stimmt was nicht mit Vicky?« Sie sah mich an. »Alles paletti, sie ist nur etwas unruhig. Vielleicht ist sie müde.«

Mama setzte sich zu uns und strich Vicky das Haar aus der Stirn. Damit war das Gespräch unter Schwestern für heute beendet.

Am nächsten Tag hörte ich mir auf YouTube ein paar Songs von diesem Cage an, ich verstand nur Bahnhof. Sollte das Musik sein? Aber egal, ich war fest entschlossen, mir einen tollen Abend zu machen. Unser erster, echter gemeinsamer Abend. Keine Ahnung, was man zu so einem Konzert anziehen soll, ich war mit der Kleiderwahl komplett überfordert. Deshalb beschloss ich, meine normalen Klamotten zu tragen. Jeans, Shirt, vielleicht die hochhackigen Schuhe, die ich noch kein einziges Mal angezogen hatte, weil ich mir irgendwie blöd darin vorkam.

Gegen fünf ging ich unter die Dusche, danach versuchte ich so ziemlich jede Creme und Lotion, die meine Mutter in ihrem Schrank stehen hatte. Irgendwann roch ich wie eine Parfümerie. Hoffentlich verflog das bis acht. Ich schminkte mich, in meine Haare kam Gel und dann war ich fertig, eine Stunde, bevor ich losmusste. Ich wusste nicht so recht, wie ich die Zeit überbrücken sollte, also ging ich zu Vicky. Als Erstes stellte ich das Esoterikgedudel ab.

»Gleich gehe ich in das Konzert, von dem ich dir erzählt habe. Cage, der macht so ein komisches Zeug. Pascal scheint das zu gefallen.« Sie wurde unruhig.

»Alles okay, Mama schaut doch nach dir«, ich streichelte über ihre Wange.

»Nein! Nein! Nein!«, schimpfte sie.

»Diesen Abend wirst du mir nicht verderben, Vicky!«, sagte ich scharf. Und viel zu laut, sobald man laut wird, wird sie noch unruhiger. Sie schimpfte weiter vor sich hin.

»Alles gut, Vicky, alles gut.« Ich streichelte ihre Hand, sie beruhigte sich nicht, ihr Atem wurde unregelmäßig.

Mama kam rein. »Was ist los mit ihr?«

»Alles okay.«

Bitte Vicky, verdirb mir diesen Abend nicht!

»Warum ist sie so unruhig?«, fragte Mama.

»Keine Ahnung.«

Vickys Atmung wurde noch unregelmäßiger.

»Bev immer hier!«, rief sie.

»Alles okay, Vicky, alles okay!« Ich streichelte sie, Anton kam und sprang auf ihren Schoß.

Vicky, nur dieser eine Abend, danach bin ich wieder ganz für dich da!

Mama sah mich an.

»Was guckst du so?«

Sie schaute auf meine Schuhe. »Willst du noch ausgehen?«

»Eigentlich schon. Zu einem Konzert in die Musikhochschule, ist aber nicht wichtig.«

»Dann geh nur, ich sehe nach Vicky.« Sie nahm Vickys Hand, aber sie wurde nicht ruhiger, ihr Atem ging total unregelmäßig. Scheiße noch mal, warum ausgerechnet heute?

»Bev hier! Anton hier!«

Vicky! Bitte! Bitte! Bitte!

Ihre Lippen wurden blau, sie wimmerte jetzt nur noch ganz leise.

»Ich bleibe hier.«

»Skinny, du kannst ruhig gehen, du weißt doch, dass die Ambulanz in Minuten da ist, sollte sich Vickys Zustand verschlimmern, ich bin die ganz Zeit bei ihr, ich verspreche es.«

»Sie will nicht, dass ich gehe, also bleibe ich hier.«

»Skinny, bitte, geh, wo immer du hinwillst. Ich werde mich um Vicky kümmern!«

»Ich bleibe hier!«

Ich hab mich nicht getraut, Pascal anzurufen, also schrieb ich ihm eine SMS, dabei kam ich mir total bescheuert vor.

Pascal

»Ich werde einfach nicht schlau aus ihr. Gestern hat sie eine Stunde vorher unsere Verabredung zum Konzert platzen lassen.«

»Scheiße, warum das denn?«

»Angeblich wollte ihre Mutter sie nicht gehen lassen, aber das kann ich einfach nicht glauben. Sie ist fünfzehn!« Tom sah mich an. Scheinbar fiel ihm kein passender Spruch ein.

»Skinny ist das Mädchen, das ich mir immer gewünscht habe, Tom. Wenn wir zusammen sind, dann ist alles so toll, so leicht, so unbeschwert. Aber das ist doch nicht normal, dass sie so wenig Zeit für mich hat.«

»Was glaubst du denn, was dahintersteckt?«

»Vielleicht hat sie ja einen anderen.«

»Was? Das kann ich mir nicht vorstellen, echt nicht!«

»Ich hab einfach keine andere Erklärung, Tom.«

»Red mit ihr.«

»Und wenn es stimmt? Ich meine, wenn sie wirklich einen anderen hat, was mach ich dann?« Er überlegte eine Weile, dann sah er mich grinsend an.

»Wenn das Leben dir eine Zitrone gibt, dann frag nach Tequila und Salz.«

Wäre ja auch zu schön gewesen, wenn es mal ohne Spruch gegangen wäre.

Ein paar Enten balgten sich um eine Semmel, die jemand achtlos weggeworfen hatte.

»Wir müssen reden.« Ich sah sie nicht an.

»Worüber denn?«

»Über uns.«

»Was ist mit uns?«

»Das frage ich dich.«

Skinny blieb stehen und sah mir in die Augen.

»Hey, was ist los?«, fragte sie unsicher.

»Was los ist, frage ich mich auch. Was mit dir los ist, um genau zu sein.«

»Was soll mit mir los sein?« Sie klang noch verunsicherter.

Ich nahm ihre Hand und sah sie an. »Warum bist du nicht zum Konzert gekommen, Skinny?«

»Das hab ich dir doch gesagt, ich durfte nicht.«

»Und warum glaube ich dir das nicht?«

»Woher soll ich das wissen?«

»Ich versteh das wirklich nicht, wenn wir zusammen sind, scheint alles gut zu sein ...«

»Scheint? Wieso scheint?« Sie ließ meine Hand los.

»Weil du nie richtig Zeit für mich hast. Sorry, aber das ist mir echt zu blöd!« Ich klang ziemlich sauer, aber das war mir in dem Moment egal.

»Ich habe einfach nicht so viel Zeit, das ist alles.«

»Und warum hast du nicht so viel Zeit, wenn ich fragen darf?«

»Ich muss für die Schule lernen, Pascal, das habe ich doch schon x-mal gesagt.«

Ich hatte nicht vor, mich weiter verarschen zu lassen. Jetzt, da ich endlich den Mut aufgebracht hatte, mit ihr zu reden. »Ich will einfach wissen, woran ich mit dir bin, das ist ja wohl nicht zu viel verlangt, oder?«

»Wenn du nicht weißt, woran du mit mir bist, dann ist das dein Problem.« Sie klang jetzt genervt, ich wusste nicht weiter.

»Skin, du bist nicht ehrlich mir gegenüber …«

»Ich habe dich noch kein einziges Mal angelogen, Pascal!«

»Das mag ja sein, aber irgendwas in deinem Leben stimmt nicht, das habe ich im Gefühl.« Sie sah mir in die Augen, so wütend habe ich sie noch nie erlebt.

»Dann solltest du dir schnell eine Freundin suchen, in deren Leben alles hollywoodmäßig in Ordnung ist, Pascal Brandt«, fauchte sie, drehte sich um und ging ohne ein weiteres Wort.

Na, das ist ja granatenmäßig nach hinten losgegangen!

»Er hat ja recht, ich habe wirklich nicht so viel Zeit für ihn, wie ich gerne hätte.« Ich war bei Vicky im Zimmer. »Seit unserem Streit hat er sich nicht mehr gemeldet, hätte ich an seiner Stelle wohl auch nicht. Ich denke ständig an ihn, weißt du. Er fehlt mir sehr, es tut so weh.« Ich fing an zu heulen, Vicky weinte sofort mit. Die Tränen liefen mir nur so die Wangen runter, ich konnte einfach nicht wieder aufhören. Vicky wurde lauter und Anton stimmte ebenfalls ein Geheul an. Wir waren ein richtiges kleines Orchester. Das Orchester zum heulenden Elend.

Mama kam ins Zimmer, was für ein Mist! Sie sah mich an, setzte sich wortlos neben mich und nahm mich in den Arm. Das hatte sie schon so lange nicht mehr getan, ich heulte einfach weiter. Nachdem ich mich etwas beruhigt hatte, gab sie mir ein Tempo und strich eine Haarsträhne aus meiner Stirn.

»Du solltest ihn anrufen.« Verblüfft sah ich sie an.

»Wen?«

»Ihn.«

»Woher weißt du denn …?«

»Mein Mädchen, ich bin zwar reichlich älter als du, aber wie man sich bei Liebeskummer fühlt, daran kann ich mich noch gut erinnern.« Ich schluchzte noch lauter. Anton spielte Wolf, der den Mond anheult. Wir mussten lachen, Mama und ich.

»Aber was soll ich denn sagen?« Hallo! Du willst doch nicht allen Ernstes mit deiner Mutter über deine Beziehung reden?

»Die Wahrheit. Was du fühlst, wie es dir geht.«

»Er findet, ich habe nicht genug Zeit für ihn.« HALLO! DU WILLST NICHT MIT DEINER MUTTER ÜBER DEINE BEZIEHUNG REDEN!

»Dann erkläre ihm, warum du nicht mehr Zeit hast.«

»Hab ich ja schon.«

»Was hast du ihm denn gesagt?«

»Dass ich lernen muss.«

»Und, stimmt das?«

»Nein.«

»Siehst du.«

Was sollte das denn heißen?

»Bev, mein Mädchen«, sie strich mir übers Haar, »Vicky ist bei mir in guten Händen. Du musst nicht ständig um sie sein, du kannst deine eigenen Wege gehen.«

Meine eigenen Wege gehen, Mama verstand ja überhaupt nichts!

Pascal

»Passi, du bist voll blöd.« Ich hörte auf zu spielen und sah sie an.

»Warum denn, Jen?«

»Immer hast du schlechte Laune und spielst so trauriges Zeugs.«

»Stimmt doch gar nicht.«

»Doch, stimmt wohl. Warum rufst du sie nicht einfach an?«

»Wen?«

»Sie.«

»Wen meinst du denn, Jen?«

»Na sie! Ruf sie an und der Drops ist gelutscht.«

Ich musste lachen. »Woher hast du denn den Spruch schon wieder?«

»Sagt Tami immer, also ruf sie an.«

»Geht nicht.«

»Warum denn nicht?«

»Weil es nicht geht, okay?«

»Versteh ich nicht.«

»Du bist ja auch erst sieben.«

»Fast acht.«

»Das ist nun wirklich übertrieben, Jen. Wir haben gerade erst deinen siebten Geburtstag gefeiert«, erinnerte ich sie.

»Aber ich bin klug für mein Alter, sagt Frau Petermann.«

»Wer ist denn Frau Petermann?«

»Meine Englischlehrerin.«

»Ach so. Na, die muss es ja wissen.« Ich zwickte ihr in die Seite und sie quietschte.

»Menno, lass das.«

Dad rief, wir setzten uns zu ihm in die Küche, das Abendessen war fertig. Seine Kochkünste hatten sich deutlich verbessert.

»Lasst es euch schmecken«, sagte er. Jenny kicherte.

»Was ist los, meine Kleine?«

»Passi hat Liebeskummer.«

»Jenny!« Ich funkelte sie zornig an.

Dad sah zu mir, ich sah zur Seite, ich wusste nicht, was ich hätte sagen sollen. Er wusste definitiv nichts von mir und Skinny. Außer, meine kleine, blöde Schwester hat den Mund nicht gehalten. Ich sah Jenny an, ihr Gesichtsausdruck war unergründlich, wir aßen schweigend.

»Kannst du nicht mit ihr reden?«, fragte Dad nach einer Weile.

»Mit wem?«

»Mit dem hübschen Mädchen, das auf deinem Geburtstag kurz da war. Um die geht es doch, oder?«

Er weiß es! Ich warf Jenny einen wütenden Blick zu, sie lächelte mild. Ich schwieg, was hätte ich auch groß sagen können.

»Irgendwas stimmt nicht mit ihr.«

»Was soll denn nicht mit ihr stimmen?« Dad sah

mich fragend an. Wollte ich wirklich mit meinem Vater darüber sprechen? Eigentlich nicht.

»Sie ist irgendwie … komisch.«

»Wieso komisch?«

»Sie hat so wenig Zeit, ich glaube, sie hat mehrere Sachen gleichzeitig laufen.«

»Mehrere Sachen?« Dad runzelte die Stirn.

Ich sah zu Jenny, die tat so, als würde sie das Gespräch überhaupt nichts angehen.

»Na, mehrere Typen.«

»Und, hast du sie gefragt, ob das so ist?«

»Das ist doch nicht normal, dass man sich so selten sieht, wenn man …«, ich ließ den Satz unvollendet.

»Wenn man verliebt ist?«

»Ähm, ja, so was in der Art.«

»Tja, mein Sohn, da wirst du wohl nur eine Möglichkeit haben.« Ich wartete, was mein Dad mir nun für einen Ratschlag auftischen würde, aber er schwieg. Ich wollte seinen Rat ja auch gar nicht hören.

»Welche denn?«

»Sprich mit ihr.«

»Sag ich doch schon die ganze Zeit«, mischte Jenny sich ein.

»Du bist eben ein kluges Mädchen.« Dad strich ihr übers Haar.

»Sagt Frau Petermann auch immer.«

Skinny

»Hey Skinny, du wirkst so bedrückt, alles in Ordnung?« Holler sah mich an, ich hatte mal wieder Stimmbildung.

»Alles paletti bei mir. Was machen wir heute?«

»Erst mal ein paar Lockerungsübungen, die kannst du gut gebrauchen, glaube ich.«

»Was soll das denn heißen?«

»Das heißt, dass ich dir an deiner hübschen Nasenspitze ansehe, dass du nicht gut drauf bist.«

»Quatsch, alles cool bei mir.«

»Also gut, dann fangen wir gleich mit dem Stimmtraining an.« Er spielte einen Ton auf dem Keyboard, den ich aufnehmen sollte.

»Deine Stimme klingt furchtbar, Skinny.«

»Wieso das denn?«

»Sie klingt so, wie du dich fühlst.«

»Ich fühle mich gut, verdammt.« Tränen liefen mir über die Wangen. Was geht das diesen Typen an, wie ich mich fühle? Er kam zu mir und nahm mich in den Arm.

»Sag mir den Namen von dem Kerl, und ich gehe ihn verprügeln.« Ich musste lachen. Lachen und weinen zugleich.

»Es ist alles okay, wirklich.«

»Du kannst mit mir reden wie mit einem Freund, Skinny.«

»Es ist alles okay!«

»Also schön, dann singen wir zwei jetzt einfach ein paar Songs, das wird dich ablenken.«

Später, nach dem Abendessen setzte ich mich an meinen Rechner, Vicky war unten bei Mama. Ich öffnete meinen Mail-Ordner. Keine Nachrichten, jedenfalls keine wichtigen. Ich las noch mal alle seine Mails, bei der letzten ging ich auf Antworten und begann zu schreiben. Ich schrieb einfach alles auf, was mir auf der Seele brannte. Abschicken würde ich es ja ohnehin nicht. Niemals!

›Hau ab, wenn Fliedergeruch dein Herz verklebt‹, hat mal jemand an die Wand unserer Sporthalle geschrieben. Da ist was dran, oder? Aber es ist schwerer, als ich dachte.
Ich muss oft daran denken, wie es war, als dein Zeigefinger über meine blöden Sommersprossen tanzte. Wie es war, als dein Kopf auf meiner Schulter lag und wir in den Himmel sahen. Es fühlte sich so gut an, als wäre das Leben eine luftige Wolke, auf die man nur aufzusteigen braucht, um darauf die Welt zu umsegeln. Aber so ist das Leben leider nicht. Deshalb sollte man lieber abhauen, bevor es zu schmerzhaft wird. Flüchten, weil es die heile Welt nicht gibt. Das ist die einzige Möglichkeit, oder? Aber das

tut weh, sehr weh. Jede Minute, die ich wach bin, schmerzt es.

Mannomann, Skinny, an dir ist ja eine echte Kitschromanschriftstellerin verloren gegangen. Ich wollte mein poetisches Werk gerade löschen, da hörte ich Vicky rufen.

»Bev! Bev! Bev!«

Ich lief nach unten, Mama war bei ihr. Ich nahm Vickys Hand und redete eine Weile mit ihr. Danach ging ich mit Anton Gassi, putzte mir die Zähne, legte mich ins Bett und nahm mein Buch.

Später kam Mama noch ins Zimmer, das macht sie nur selten.

»Vicky schläft«, sie setzte sich auf meine Bettkante. »Was liest du denn?«

»Nichts Besonderes.« Sie hob das Buch an.

»Brecht? Musst du das für den Unterricht lesen?«

»Ja, das ist das Ödeste, was ich je gelesen habe.« Sie lachte und strich mir über den Kopf.

»Wie geht es dir denn, mein Mädchen?«

»Gut.«

»Hast du ihn angerufen?«

Ich schwieg.

»Man kann Dinge nur klären, wenn man miteinander redet, Skinny.«

Was du nicht sagst, Mama!

»Du denkst doch sowieso nur an ihn, oder?«

Ich schwieg.

Nach einer Weile stand sie seufzend auf.

»Dann also gute Nacht, schlaf gut.« Sie wollte gerade mein Zimmer verlassen, da sah sie das Lämpchen an meinem Rechner leuchten.

»Du hast deinen PC nicht runtergefahren.« Sie ging zum Rechner und nahm die Maus. Wie in Zeitlupe begann mein Gehirn zu arbeiten – und dann ging alles ganz schnell. Zu schnell, um genau zu sein.

»Da ist ja noch eine Mail offen. Ah, die ist für ... okay, okay ... ich lese sie nicht. Ich schick sie nur ab«, sagte Mama und klickte auf die linke Maustaste.

»Nein!«, schrie ich.

»Zu spät.«

»Scheiße, Mama!«

Die Mail war abgeschickt!

Mein *poetisches Werk* landete gerade auf seinem Rechner. Verdammte Kacke, ich würde mich nie wieder auf irgendeiner Straße dieser Stadt sehen lassen können, so viel war mal sicher!

Pascal

»Sie hat mich abserviert.« Nachdem wir eine Runde auf der Vespa gedreht hatten, setzten Tom und ich uns in ein Straßencafé.

»Was? Wieso sagst du das denn erst jetzt, Kumpel. Warum denn?«

»Keine Ahnung.«

»Aber es muss doch was vorgefallen sein?«

»Es gab einen Streit, nichts Schlimmes, dachte ich jedenfalls. Sie ist abgehauen und ich wollte ein bisschen Zeit verstreichen lassen, sie nicht nerven. Tja, und gestern Abend kam die Mail.«

»Die hat dir per Mail gekündigt, das glaub ich ja nicht.«

»Ich wollte es erst auch nicht glauben, ist aber so.«

»Was hat sie denn geschrieben?«

»Dass es ihr leidtut ... und wohl auch, dass es ihr wehtut, aber dass es nicht geht. Ich bin mir sicher, dass sie was mit dem anderen hat.«

»Welcher andere denn?«

»Der Gitarrist aus der Band.«

»Der? Der ist doch viel älter als sie.«

»Na und?«

»Ich kann das echt nicht glauben, Pascal.«

»Was denn sonst?«

»Hm.«

»Tom, sag nicht Hm.«

»Was genau hat sie denn geschrieben?«

»Na ja, es war schon ziemlich kryptisch, irgendwas von Fliedergeruch, der das Herz verklebt.«

»Bitte? Was soll das denn heißen?«

»Keine Ahnung.«

»Mann, Alter, bist du sicher, dass das ein Schlussstrich war?«

»Na, was denn sonst, Tom?«

»Zeig mal die Mail.«

»Vergiss es.«

Er sah mich an.

»Hey, ich bin dein bester Freund.« Ich holte mein Handy raus, öffnete den Mail-Ordner und ließ ihn lesen.

»Ziemlich schräg.«

»Kann man wohl sagen.«

»Ich kapier das nicht.«

»Ich auch nicht, Tom, ich auch nicht.«

»Und was willst du jetzt machen?«

»Nichts.«

»Du gibst auf?«

»Yep.«

»Hm.«

»Hast du dir den Typen mal genauer angesehen, Tom? Diesen Gitarristen? Der sieht aus wie ein Scheißfilmstar, verdient schon fett Kohle und fährt ein Cabrio.«

»Der fährt ein Cabrio? Woher weißt du das denn?«

»Weiß ich ja gar nicht, stell ich mir aber so vor. Immer, wenn ich an Skinny denke, sehe ich sie in Gedanken mit diesem Arsch in einem offenen Wagen durch die Gegend brausen, sie mit ihrer Hand auf seinem Scheißknie. Im Vergleich zu dem bin ich doch nur ein dummer Junge.«

»Das ist doch Quatsch, Pascal. Du solltest wirklich noch mal mit ihr reden.«

»Ganz sicher nicht, ich habe mich lange genug zum Affen gemacht. Es reicht.«

»Und wie geht es dir damit?«

»Beschissen. Absolut beschissen, wenn du es genau wissen willst.«

Skinny

Ich fahre nachmittags manchmal mit dem Rad raus, es wird schon richtig herbstlich. Meist radele ich am See lang und jedes Mal ist mir dabei flau im Magen, so, als hätte der Kobold eine Depression. Irgendwie fühlt sich mein Leben an, als sei alles aus den Fugen geraten.

Wir proben weiter *Rent*, das ist das Einzige, was mir echt Spaß macht. Wir wollen es im nächsten Jahr als Musical aufführen, ich werde die weibliche Hauptrolle singen. Die Kunst-AG baut schon am Bühnenbild. Frau Ebert arbeitet mit uns an der Choreografie und Holler ist der Generalmusikdirektor, wie er sich selber augenzwinkernd nennt. Ein Musical ist natürlich ganz was anderes, als ein paar Lieder im Chor zu singen. Gestern haben wir einen neuen Song probiert, er hieß *Without You*, mittendrin bin ich einfach in Tränen ausgebrochen, total peinlich.

In den letzten Wochen habe ich immer wieder diese dämliche Mail gelesen und bin rot geworden vor Scham. Was für ein kitschiges Geschwafel, er muss mich für vollkommen bescheuert halten. Aber das ist ja jetzt auch egal, die Sache ist gelaufen. Nachts heule ich mich immer noch in den Schlaf wie ein Baby, aber das wird auch vergehen, und dann ist alles wieder wie früher. Vielleicht sogar besser. Mama kümmert sich total toll um Vicky. Papa kommt jetzt auch öfters abends zum Essen nach Hause. Fast wie in einer richtigen Familie.

Pascal

Ich bin zu meiner alten Gewohnheit zurückgekehrt und starre wieder die Decke an. Na ja, nicht immer, aber ziemlich oft. Manchmal höre ich auch Musik oder treffe mich mit Tom. Und ich spiele viel Klavier, das ist das Einzige, was ein bisschen Spaß macht. Ich kann die Aufnahmeprüfung im November nachholen, bis dahin ist genug Zeit, mein altes Niveau wieder zu erreichen. Vielleicht werde ich ja sogar noch etwas besser, die Krähe arbeitet hart mit mir. Jenny und Dad tun alles, um mich aufzumuntern, aber bisher ist ihnen der Erfolg verwehrt geblieben. Ich will ja glücklich sein, schon für meine Mam, aber es gelingt mir einfach nicht. Wenn ich Skinny doch nie kennengelernt hätte. Ich könnte mir heute noch in den Arsch beißen, dass ich sie damals in Andys Laden angesprochen habe. Was für eine dämliche Aktion! Jetzt habe ich sie an der Backe, oder besser, die Erinnerung an sie. Wie lange dauert eigentlich Liebeskummer?

Skinny

Ich erkannte sie schon von Weitem. Jennifer, Pascals kleine Schwester. Sie spielte mit einem gleichaltrigen Mädchen am Wasser. Kurz überlegte ich, ob ich sie einfach übersehen sollte, dann fuhr ich aber doch zu ihr.

»Hey Jenny, was machst du denn hier?« Ich stieg vom Rad.

»Wir lassen ein Boot schwimmen«, sagte sie stolz.

»Toll.«

»Das ist Tami, meine beste Freundin.«

»Hallo Tami.« Tami winkte kurz, beschäftigte sich dann aber sofort wieder mit ihrem Boot.

»Wie geht's denn so, Jenny?«

»Gut. Mir jedenfalls.«

»Das freut mich.«

Sie sah mich herausfordernd an. »Passi liegt wieder die ganze Zeit auf seinem Bett und starrt die Decke an.«

»Wieso wieder?«

»Hat er nach Mamas Beerdigung auch gemacht.«

»Aha, warum macht er das denn?«

»Na, warum wohl?«

»Keine Ahnung.«

»Wegen dir starrt er doch die Decke an.«

»Kann ich mir nicht vorstellen.«

»Doch. Wieso rufst du ihn nicht mal an?«

»Das geht nicht.«

»Wieso?«

»Es geht nicht, okay?«

»Das sagt Passi auch immer, aber ich kapier das nicht.«

»Was sagt Pascal auch immer?«

»Dass er dich nicht anrufen kann.«

»Ja, siehst du. Manchmal kann man Dinge eben einfach nicht tun.«

Jenny rief ihrer Freundin ein paar Anweisungen zu, dann wandte sie sich wieder an mich.

»Passi sagt, du hast mehrere Sachen gleichzeitig laufen.«

»Was meint er denn damit?«

Sie sah mich mit ihren klugen Augen an.

»Na, dass du mehrere Typen gleichzeitig hast. Hast du mehrere Typen gleichzeitig?«

Ich musste lachen. »Du bist ganz schön altklug für deine sechs Jahre.«

»Sieben!«

»Du hattest Geburtstag?« Ich gab ihr einen Kuss auf die Wange. »Dann herzlichen Glückwunsch nachträglich.« Wir schwiegen einen Moment.

»Was sagt er denn noch so über mich?« Ich kam mir reichlich dämlich dabei vor, ein kleines Mädchen auszufragen, aber nun ja.

»Nichts, nur dass er dich nicht anrufen kann.«

»Tja, dann wird das wohl so sein.«

»Dann ruf du ihn doch an.«

»Geht nicht.«

»Mensch, ihr seid ja vielleicht blöd.« Sie schwieg einen Moment und schaute zu ihrer Freundin.

»Soll ich ihn von dir grüßen?«

»Auf keinen Fall.«

Jenny schüttelte den Kopf. »Große sind ja vielleicht kompliziert!«

Gleich nach dem Abendessen ging ich in mein Zimmer und legte mich ins Bett. Musik konnte mich nicht ablenken, Lesen funktionierte auch nicht. Ich lag die ganze Nacht wach und dachte nach. Ich war davon ausgegangen, dass Pascal mich schon lange vergessen hat. Dass er längst mit einer anderen zusammen war. Aber wenn ich Jenny glauben konnte, dann stimmte das gar nicht. Und warum sollte mich ein kleines Mädchen anschwindeln?

Ich überlegte und überlegte und dachte und dachte.

Als es zu dämmern begann, stand mein Entschluss fest. Nach dem Duschen zog ich mich an und ging leise in Vickys Zimmer. Meine Eltern schliefen noch. Ich streichelte Anton über sein Fell, damit er keinen Radau machte. Er hob nur kurz den Kopf und pennte gleich weiter. Vicky schlief auch ganz fest. Ich legte mich zu ihr ins Bett und nahm sie in den Arm. Sie wurde nicht wach.

»Ich hab dich so lieb, Vicky«, flüsterte ich, »lieber als alles sonst auf der Welt. Und das wird auch immer so bleiben, das verspreche ich dir.« Ich strich ihr eine Haarsträhne aus dem Gesicht. »Aber weißt du, jetzt werden wir so langsam erwachsen und ich muss ein bisschen mehr an mich denken. Meine eigenen Wege gehen. Mama wird nun mehr bei dir sein, Vicky. Sie hat dich genauso lieb wie ich, das kannst du mir glauben. Und Anton liebt dich auch, auf seine Hundeart.« Ich blieb noch eine Weile liegen und hielt meine große Schwester fest. Ganz fest. Sie war so dünn, noch viel dünner als ich.

Dann gab ich ihr einen Kuss, sie war noch immer nicht aufgewacht. Ich ging runter in die Küche und machte mir Frühstück.

Bevor jemand wach wurde, verließ ich das Haus.

»Hey Skinny, was machst du denn schon hier?« Andy schloss seine alte Karre ab und kam auf mich zu. Ich ging mit ihm in den Laden, wo er mich fragend ansah.

»Ich will ein Tattoo.«

Er runzelte die Stirn. »Bist du dir auch ganz sicher?«

»Absolut.« Er gab mir einen Wink, ich folgte ihm in den Nebenraum und setzte mich auf einen Stuhl, der aussah wie beim Zahnarzt.

»Was hast du dir denn vorgestellt.«

»Einen Namen.«

Er schaute zweifelnd. »Da kann ich nur dringend abraten.«

»Ach, und warum?«

»Du lässt dir den Namen von jemandem auf die Stirn tätowieren, in den du gerade total verknallt bist, und wenn die ach so große Liebe eines nicht allzu fernen Tages vorbei sein wird, hast du den Scheiß auf der Stirn stehen und ärgerst dir ein Loch in den Bauch.«

»An die Stirn hatte ich eher nicht gedacht«, entgegnete ich trocken.

»Woran hast du denn gedacht?«

»Ich möchte es halbrund über dem Fußknöchel, geht so was?«

»Gehen tut alles. Ob ich es mache, ist eine ganz andere Frage.«

»Was für Schriften kannst du denn so?«

»Ich kann alle Schriften.« Er gab mir eine Palette mit ziemlich vielen Mustern.

»Es soll zierlich sein. Eine ganz zarte, dünne Schrift.«

Er deutete auf eine, die ziemlich verschnörkelt war.

»Schlichter.«

Er zeigte auf eine andere. Die gefiel mir.

»Die ist gut.«

»Zeig mal deinen Knöchel.«

Ich schob an meinem rechten Bein die Jeans bis zum Knie hoch und ließ die Flipflops fallen.

Andy sah mir in die Augen. »Und du hast dir das auch wirklich gut überlegt?«

»Jahre.«

»Na dann.« Er zog sich dünne Latexhandschuhe an und begann, meinen Knöchel mit einer Flüssigkeit abzureiben, dann sah er mich wieder an.

»Was ist?«, fragte ich.

»Den Namen sollte ich vielleicht noch wissen.«

»Victoria.«

Den Rest des Vormittags drückte ich mich in der Stadt rum. Ich hatte noch nie die Schule geschwänzt, aber heute musste es sein. Das Tätowieren war nicht so schmerzhaft gewesen wie befürchtet und das Ergebnis genau, wie ich es mir vorgestellt hatte. Irgendwann, während der Prozedur, murmelte Andy: »Ich sehe das doch richtig, dass du schon achtzehn bist, oder?«

»Klar«, hatte ich geantwortet.

Pascal

Sie lehnte an dem großen Baum, unter dem mein Roller stand. Meine Beine fühlten sich von einer Sekunde zur nächsten an wie aus Gummi, irgendwas in mir wollte einfach abhauen. Und zwar ganz schnell. Ich blieb stehen, dann hatte Tom sie auch entdeckt. Er sagte kein Wort, klopfte mir nur auf die Schulter – sehr sanft für seine Verhältnisse – und ging zum Fahrradständer. Mein Herz wummerte bis in den Kopf. Wie damals, als Dad in der Tür des Konservatoriums gestanden hatte. Langsam ging ich zu ihr und überlegte, was jetzt kommen würde. Sie war sehr blass, ich konnte kaum noch ihre Sommersprossen sehen.

»Hey«, sagte sie und lächelte unsicher.

»Hey«, antwortete ich.

Skinny

Ich war natürlich wieder zu früh, also wartete ich bei seinem Roller auf ihn. Noch nie in meinem ganzen Leben ist die Zeit so langsam vergangen wie in dieser halben Stunde. Als die Schulglocke endlich klingelte, zuckte ich erschrocken zusammen. Auf meiner Stirn bildete sich eine Schweißschicht, obwohl es gar nicht so warm war.

Dann sah ich ihn kommen, mir wurden die Knie weich, etwas in meinem Bauch schien sich aufzulösen. Vielleicht der Kobold. Er stutzte, als er mich sah, dann kam er zu mir. Er war schmaler geworden.

»Hey«, sagte ich.

»Hey«, antwortete er.

»Können wir zum See fahren?«

»Ähm, ja … das heißt, nein. Ich hab keinen zweiten Helm dabei.«

»Scheiß auf den Helm.«

Er gab mir seinen und stieg auf den Roller, ich setzte mich hinter ihn. Wie bei unserer ersten Fahrt traute ich mich kaum, mich an ihm festzuhalten. Am See schloss er den Roller ab und wir gingen ein Stück. Keiner sagte etwas. Irgendwann blieb er stehen und sah mich an.

»Ich bin durchaus bereit für die Wahrheit, Skinny.« Seine Stimme zitterte.

»Was für eine Wahrheit?« Meine auch.

»Na, dass du einen anderen hast. Dass es die ganze Zeit noch jemanden gab, mit dem du … dich getroffen hast. Deshalb bist du doch hier, oder? Um es mir endlich zu sagen.« Ich ging weiter. Er blieb erst stehen, folgte mir dann aber doch.

»Lass uns dort auf die Bank setzen, okay?« Zum ersten Mal sah ich ihm in die Augen. Er sah traurig aus. Oder sauer, ich konnte seinen Blick nicht richtig einordnen.

»Okay«, brummte er.

Wir setzten uns mit einigem Abstand nebeneinander. Ich sah zum See, dann holte ich tief Luft.

»Es war an Weihnachten. Vicky und ich waren noch ganz klein, wir gingen mit unserem Vater Schlittschuhlaufen.«

Pascal schwieg, ich hatte das Gefühl, dass er den Atem anhielt. Es brauchte eine Weile, bis ich weiter sprechen konnte.

»In unserem Übermut fuhren wir viel zu weit raus.« Mir wurde bewusst, dass ich noch nie mit jemandem darüber gesprochen hatte. Noch nie! Ich schluckte. »Meine Schwester ist ins Eis eingebrochen. Sie war lange unter Wasser.« Der rote Punkt unter dem Eis. »Seitdem ist Vicky behindert. Schwer behindert.«

Er sagte noch immer nichts, aber sein Atem hatte sich verändert. Ich musste an die Zeit denken, als Vicky nicht zu Hause war. Wie einsam ich mich gefühlt habe.

»Als meine Schwester damals aus dem Krankenhaus

kam, da habe ich ihr geschworen, sie nie mehr alleine zu lassen. Jede Minute meines Lebens für sie da zu sein.« Tränen liefen mir über die Wangen, ich wischte sie weg. »Ich dachte immer, dass sie nur glücklich sein kann, wenn ich bei ihr bin. Aber das stimmt wohl gar nicht.« Ich konnte nicht mehr weiterreden, also saß ich einfach da und heulte.

Irgendwann nahm Pascal meine Hand. So, wie ich seine Hand genommen hatte. Damals, auf dem Weg ins Eiscafé. Wir blieben einfach zusammen dort sitzen. Hand in Hand.

Es fühlte sich richtig an.

Absolut richtig.